W0364867

Le dentier du maréchal, madame Volotinen et autres curiosités

DU MÊME AUTEUR

Le Lièvre de Vatanen, 1989
Le Meunier hurlant, 1991
Le Fils du dieu de l'Orage, 1993
La Forêt des renards pendus, 1994
Prisonniers du Paradis, 1996
La Cavale du géomètre, 1998
La Douce Empoisonneuse, 2001
Petits suicides entre amis, 2003
Un homme heureux, 2005
Le Bestial Serviteur du pasteur Huuskonen, 2007
Le Cantique de l'apocalypse joyeuse, 2008
Les Dix Femmes de l'industriel Rauno Rämekorpi, 2009
Sang chaud, nerfs d'acier, 2010
Le Potager des malfaiteurs ayant échappé à la pendaison, 2011
Les Mille et Une Gaffes
de l'ange gardien Ariel Auvinen, 2014
Moi, Surunen, libérateur des peuples opprimés, 2015

Arto Paasilinna

Le dentier du maréchal, madame Volotinen et autres curiosités

roman

Traduit du finnois par
Anne Colin du Terrail

DENOËL
& D'AILLEURS

Titre original :
Volomari Volotisen ensimmäinen vaimo ynnä muuta vanhaa tavaraa
Éditeur original :
WSOY, Helsinki
Publié en accord avec Bonnier Rights Finland, Helsinki
© Arto Paasilinna 1994

Et pour la traduction française :
© Éditions Denoël, 2016

Le bâillon du hakkapélite

L'écume à la bouche, dix taureaux emballés passèrent au grand galop devant l'humble demeure du ferblantier Väinö Volotinen. Le plus violent orage du printemps venait de s'abattre sur le troupeau.

« Maman, viens vite voir ! » crièrent les enfants en direction de la chambre où leur mère était en train d'accoucher de son dernier-né. Malgré les douleurs de l'enfantement, Siiri Volotinen se leva et, poussée par la curiosité, se traîna à la fenêtre.

« Les éclairs les auront rendus fous », constata-t-elle, et elle retourna à son lit de gésine.

C'est ainsi que le petit Volomari vint au monde à la mi-avril 1942 à Tammela, petit village de la province du Häme, dans la maison de Väinö Volotinen et de sa femme Siiri. Les contractions de la parturiente avaient commencé dans la matinée et duré quelques heures. En fin d'après-midi, un gros orage avait éclaté. Tandis que sa mère hurlait et que le tonnerre grondait, Volomari naissait.

Au moment même où il poussait son premier cri, la foudre tuait un taurillon du troupeau du voisin.

C'est une chance de naître dans la famille d'un tôlier-ferblantier aimant les enfants et collectionnant les antiquités. Il y a là de toute évidence une forme d'équilibre : un nouveau-né et des objets anciens se complètent à merveille, le passé et l'avenir cheminent main dans la main.

Siiri avait alors quarante-neuf ans, son mari deux de plus. Leurs aînés avaient déjà tous fêté leur dixième anniversaire, si bien que Volomari vécut toute son enfance entouré de gens beaucoup plus âgés que lui. Il se sentait ainsi en sécurité, et apprit en outre dès le plus jeune âge à raisonner comme un adulte.

Il devait son prénom au coureur Volmari Iso-Hollo, qui avait remporté la médaille d'or du trois mille mètres steeple aux Jeux olympiques de Los Angeles, dix ans plus tôt, puis à ceux de Berlin en 1936 et, sur dix mille mètres, était arrivé deuxième en Amérique et troisième en Allemagne.

Alors que les pères des autres garçons de Tammela leur taillaient des jouets en bois, celui de Volomari lui en fabriquait en tôle. Et tandis que ses petits camarades faisaient tourner dans les ruisseaux des roues à aubes faites de bouts de planche, il s'amusait avec de superbes turbines découpées dans des plaques de cuivre dont les ailes scintillaient parmi les tourbillons. Dans les arbres du jardin des Volotinen tintaient quelques nichoirs en métal qui offraient aux chants d'oiseaux des caisses de résonance sans égal.

Volomari était choyé. Pour l'école, son père lui fit cadeau d'un plumier en tôle. Et pour aller chercher le lait quotidien de la famille à la ferme voisine, il avait une berthe en fer-blanc qui brillait au soleil. La poignée de son arc était en tôle galvanisée et les patins de sa luge en acier inoxydable.

Les Volotinen habitaient un peu en dehors du village, au bord d'une petite rivière ; ils avaient quelques moutons et, accolé à leur maisonnette, un modeste atelier de ferblanterie. C'était un endroit fascinant où le petit Volomari pouvait fabriquer lui-même divers objets en tôle et souder à l'étain toutes sortes de récipients. Son père l'aidait et le conseillait.

Dans la salle tictaquait une vieille horloge de parquet, d'une valeur inestimable, dont Siiri avait hérité. Les Volotinen possédaient également d'autres antiquités rassemblées au fil du temps : un coffre de mariage du XVIIIe siècle, empli d'une foule de souvenirs, et, dans le grenier, une arquebuse à chargement par la gueule ainsi que deux ou trois épées datant de la guerre de Trente Ans, pendant laquelle un ancêtre de la famille, Stepan Volotius, avait combattu au loin en Rhénanie dans un régiment de hakkapélites[1].

Il y avait aussi dans la remise un ancien traîneau de promenade que le Musée d'arts et traditions populaires de Tammela aurait bien aimé acquérir, mais que les Volotinen refusaient de céder, ainsi qu'un lot de barattes

1. Nom donné aux cavaliers finlandais engagés comme mercenaires, au XVIIe siècle, dans les armées suédoises du roi Gustav II Adolf. *(N.d.T.)*

du XIXe siècle et une bonne vingtaine de faisselles de différents modèles dans lesquelles la mère de Volomari moulait encore parfois de délicieux fromages de chèvre. Dans la famille du ferblantier, les objets d'antan étaient appréciés à leur juste valeur : Väinö et Siiri avaient coutume de dire qu'ils étaient comme des lettres de personnes disparues, et chacun d'eux avait sa propre histoire. Ils avaient tous un jour été neufs — et prouvaient, comme le père le rappelait à son fils, que le passé n'était pas très lointain. Les ustensiles modernes s'usaient plus vite que les anciens, comme le temps, qui filait lui aussi plus vite qu'avant.

Dans un tiroir de la commode, il y avait une étrange pièce de bois d'une vingtaine de centimètres de long, taillée dans du frêne, avec à chaque bout une gorge permettant d'y fixer un lacet de cuir et, au milieu, la marque profondément imprimée de deux arcades dentaires. Elle y avait été laissée par les mâchoires de Stepan Volotius quand on lui avait coupé à chaud la jambe droite, au cours la guerre de Trente Ans, lors du siège du château de Kronenburg. On avait fourré ce bâillon dans la bouche du hakkapélite blessé et on lui en avait noué les lacets sur la nuque afin qu'il puisse mordre dans le bois et éviter ainsi au chirurgien militaire d'avoir à l'écouter hurler pendant qu'il lui sciait la cuisse.

Quand il était revenu en boitant à Tammela, des années plus tard, l'ancêtre unijambiste des Volotinen avait rapporté avec lui le bâillon qu'il avait gardé en guise de souvenir de guerre personnel. Il n'en avait heureusement plus trop eu besoin, et était mort de vieillesse dans son lit.

Volomari plaçait parfois le bout de bois entre ses propres mâchoires. La sueur lui montait au front quand il s'imaginait qu'on lui sciait la jambe tandis que quatre compagnons d'armes à la poigne solide le maintenaient par les pieds et les mains pour l'empêcher d'échapper aux griffes du chirurgien.

Cette enfance heureuse fut interrompue par un incendie en 1952, peu après les Jeux olympiques de Helsinki. Le feu, qui avait pris dans l'atelier, gagna rapidement le reste de la maison, la réduisant en cendres. Les assurances furent loin de couvrir les dommages. Tout fut détruit, les objets aussi bien neufs qu'anciens, les maigres économies et les modestes bijoux de la femme du ferblantier, qui n'avaient au demeurant rien d'extraordinaire : elle ne possédait que deux colliers de perles et un ornement frontal en argent, et ses filles quelques nœuds auxquels leur père avait ajouté de scintillantes ailes de papillon en tôle émaillée.

Seul le bâillon du hakkapélite Stepan Volotius échappa aux flammes, car il se trouvait le jour du drame dans la poche de Volomari. Le spectacle de l'incendie était si terrifiant qu'il dut se fourrer le bout de bois dans la bouche : il le mordit de ses petites dents, y imprimant leur marque, et cessa de pleurer tout haut. Le bâillon était efficace. Volomari se jura que, quand il serait grand, il collectionnerait en remplacement des objets brûlés des antiquités encore plus anciennes. Mais pour sa mère, l'important n'était pas les objets. L'on avait avant tout besoin de vêtements et de pain, décréta-t-elle.

Ce fut un coup du sort cruel pour les Volotinen : la

famille se disloqua, les enfants furent placés auprès de proches, ici où là, et le père, Väinö, mourut de chagrin à l'automne. Sa femme se retrouva pour un temps à l'hôpital communal, où l'on constata qu'elle souffrait d'une hypertrophie cardiaque. Elle fut admise dans une maison de retraite alors que Volomari atteignait ses seize ans et faisait sa confirmation, et mourut l'année suivante.

La vieille tante au grand cœur qui avait recueilli le garçon avait veillé à son éducation, l'envoyant même au lycée. Son baccalauréat en poche, il prit la direction de Helsinki, où il s'inscrivit à la faculté de droit. Pour financer ses études, il trouva du travail dans une compagnie d'assurances. Avec sa première paie, il s'acheta un pantalon droit et une veste qui lui donnaient l'air d'un authentique courtier.

Sa tante lui envoyait de Tammela des colis de nourriture, essentiellement des pommes de terre et du pain, et le soutenait moralement dans ses efforts. Il passait les fêtes de fin d'année chez elle, à déblayer la neige des allées du jardin et à couper du bois de chauffage. Il endossait aussi de manière convaincante l'habit du père Noël.

L’alliance de l’épouse de guerre

Le mariage du sergent Toivo Loponen et de la fille du garde-voie Juuso Lamuvaara, Laura, fut célébré à la Saint-Jean 1942. La cérémonie avait lieu à la Maison des cheminots de Haapamäki, où la bénédiction nuptiale fut prononcée par le pasteur Hermanni Kortelainen, qui avait alors déjà près de soixante-dix ans. L’homme d’Église parla avec émotion de la guerre menée pour défendre la patrie et la chrétienté, qui exigeait le sacrifice de nombreuses vies mais n’empêchait pas l’ardente mélodie de l’amour d’augurer malgré tout d’un avenir plus heureux. Il était confiant quant à l’issue du conflit : sous le commandement du maréchal Erwin Rommel, les frères d’armes allemands des Finlandais venaient de prendre Tobrouk, en Afrique du Nord, et de nouvelles opérations militaires d’une efficacité accrue se profilaient sur le front de l’Est.

« Le Führer en personne était présent à l’anniversaire de notre maréchal, au début du mois, et nous pouvons donc remercier Dieu tout-puissant d’avoir pour une fois la chance de nous battre aux côtés d'une armée victorieuse », proclama le pasteur avant de déclarer Toivo et Laura unis par les liens du mariage.

L'assistance était relativement clairsemée : le garde-voie Juuso Lamuvaara accompagné de son épouse Emma et du reste de la famille, plus quelques cheminots et amis. Du côté du marié, personne n'était présent, car il était mobilisé sur le front loin de chez lui et ses proches étaient de toute façon peu nombreux et dispersés aux quatre coins du pays.

Toivo Loponen glissa au doigt de sa fiancée l'alliance en duralumin qu'il avait lui-même fabriquée. Sa casemate était enterrée dans le sol de la mère patrie du côté de Lembolovo, dans l'isthme de Carélie ; il y combattait dans la 15e division, sous les ordres du général Hersalo. La dure vie des tranchées ne lui permettait pas de gaspiller son argent dans des bijoux de prix, et la nation en guerre n'avait d'ailleurs pas de quoi couvrir d'or les mariées : tous les métaux précieux étaient réquisitionnés pour les besoins militaires.

Après l'émouvante et inoubliable cérémonie, la fanfare des cheminots joua la valse nuptiale et le sémillant marié entraîna sa gracieuse épouse sur la piste de danse. Quel bonheur pour Laura d'avoir trouvé un aussi beau militaire, murmuraient les invités. Le sergent Loponen était un jeune homme entreprenant mais en même temps rêveur, originaire du quartier de Vallila, à Helsinki, qui habitait dans le civil à Joensuu, chez sa sœur aînée Siiri. Pendant la trêve, celle-ci y avait pris la gérance d'un café.

Les mauvaises langues prétendaient qu'elle se prostituait et trafiquait au marché noir, et qu'elle avait été déclarée indésirable dans la capitale.

Avant la guerre d'Hiver, Toivo Loponen était entré à l'école normale d'instituteurs de Jyväskylä, mais le conflit avait interrompu ses études. Après une formation de sous-officier, il avait été affecté à des travaux de fortification dans l'isthme de Carélie, jusqu'à ce que les combats reprennent. Au plus chaud de l'offensive, il s'était trouvé à l'hôpital militaire de Vaasa, victime d'une angine, et n'avait découvert la guerre de positions et la vie dans les casemates qu'à l'automne, dans la zone de Lembolovo. Il était caporal, et chef d'un groupe d'infanterie.

Homme d'action, il avait vite trouvé le temps long, et les interminables parties de cartes lassantes. Une correspondance active avec la gent féminine ouvrait de bien meilleures perspectives. Toivo Loponen s'était lancé avec ardeur dans l'envoi de lettres à destination de l'arrière, plusieurs fois par semaine, et la poste aux armées trimballait en masse les réponses jusque dans son humide casemate enfumée. Il s'était fiancé une première fois en mars 1941, avait profité de quelques permissions, puis s'était à nouveau fiancé ce même printemps peu après la fonte des neiges, et une troisième fois à l'automne.

Le succès de Toivo Loponen reposait sur un modèle de lettre habilement composé : il fallait d'abord parler un peu de soi, avec modestie, se déclarer prêt à se sacrifier pour la patrie, évoquer ses études et faire allusion, sans trop insister, à la confortable fortune qui, une fois la guerre gagnée, attendait sous forme d'héritage l'héroïque combattant et sa future famille. Il fallait ensuite flatter la destinataire, soupirer sur son absence et faire palpiter son cœur en soignant son style, de manière à laisser transparaître sous la simplicité de l'écriture la rude tendresse d'un soldat.

L'idéal était de terminer par un petit poème de sa composition et, dans certains cas, il pouvait même être utile de citer des philosophes, choisis selon la cible et les circonstances.

Ces fiançailles n'avaient pas abouti au résultat espéré par les intéressées, à savoir le mariage, car la gravité de la situation militaire et les incessantes attaques de l'ennemi obligeaient à reporter la suite à des jours meilleurs. Quoi qu'il en soit, toute cette correspondance, de même que les projets qui en découlaient, générait un flot ininterrompu d'envois utiles en provenance de l'arrière : lettres, colis, nourriture, vêtements de laine, argent. Pendant ses permissions, Toivo Loponen faisait assidûment la cour à ses fiancées, parcourant le pays, claquant des talons, pressant des mains entre les siennes, vivant des nuits heureuses. À Vallila, il avait toujours été prêt à boire un coup avec les copains, mais avec le stress engendré par la guerre, sa soif d'alcool n'avait fait que grandir.

Lorsqu'il partait voir ses conquêtes, le caporal Loponen glissait dans son sac une vareuse de sergent qu'il enfilait à l'arrivée. Le grade, en soi fort honorable, que lui avaient valu sa formation et ses prouesses militaires ne comblait en effet pas ses attentes. Il trouvait plus valorisant de se faire passer en permission au minimum pour un sergent, dont les galons avaient aussi l'avantage d'impressionner favorablement les femmes. De retour sur le front, il reprenait son modeste rang de caporal. Il rangeait en toute discrétion sa vareuse de sergent dans son sac, mais à l'arrière il était toujours au moins sous-officier, et parfois même, dans ses moments les plus ambitieux, capitaine de cavalerie. Il avait volé les pattes de collet correspondantes sur l'uniforme d'un officier de carrière tombé au champ d'honneur, en se disant qu'il en ferait meilleur usage que lui.

Après s'être fiancé six fois, le caporal Toivo Loponen s'était enfin décidé à faire son choix et avait donc épousé à la Saint-Jean 1942 la fille du garde-voie Juuso Lamuvaara. Laura était une jolie villageoise, douce et candide. Son père lui avait promis une belle dot, une vache prête à vêler. Dans l'étable de sa maison de garde, à Haapamäki, ruminaient deux têtes de bétail, dont l'une était pour elle. La mine grave, le futur beau-père de Toivo lui avait déclaré que quand il aurait obtenu son diplôme de l'école normale d'instituteurs de Jyväskylä et trouvé une bonne place, une fois la paix revenue, la vache fournirait au jeune couple de quoi agrémenter son ordinaire : du lait frais et de la viande de veau, chaque automne, pour faire des salaisons. On était en janvier 1942, la guerre ne semblait plus devoir durer longtemps, et il y aurait en tout cas des postes d'enseignant à pourvoir dans la Carélie orientale nouvellement conquise, où vivaient des dizaines de milliers d'ignorants gangrenés par l'inhumain régime russe.

Laura possédait aussi un lourd coffre de mariage dont Toivo avait inventorié les trésors avec soin et amour.

Aussitôt après la Saint-Jean, Laura plia sa robe de mariée dans sa valise, puis la vache fut conduite à la gare et poussée à grands cris dans un wagon à bestiaux dans lequel, afin de réduire les frais, le jeune couple s'aménagea une couche nuptiale. C'était en quelque sorte un voyage de noces — le but était de conduire l'animal à Joensuu, chez la sœur de Toivo Loponen, dont l'établissement souffrait d'un manque cruel de lait frais.

La vache ruminait et Laura s'occupait de la traire, bien que son mari eût prévu de son côté d'autres boissons. Joyeusement ivre, il se la coulait douce, chantait, dormait et levait le coude. Mais ce bonheur ne dura même pas jusqu'à Joensuu, car, dès la gare de Pieksämäki, Toivo Loponen tomba sur un vieux copain de Vallila en uniforme de soldat, Vilkki Rosenius, dont la section montait la garde sur le quai. Ils évoquèrent le bon vieux temps, puis eurent une idée : Vilkki s'occuperait de faire parvenir la vache dotale à Siiri, à Joensuu, et le jeune couple pourrait ainsi abandonner son lit de noces empuanti pour le confort d'un wagon à passagers. Vilkki se chargerait aussi du coffre de mariage de Laura ; une simple valise suffirait aux amoureux maintenant que Toivo avait décidé de changer de destination et d'aller à Rovaniemi, via Oulu. La magie de la Laponie l'avait toujours attiré et, plus généralement, face aux duretés de la guerre, il avait besoin pour la paix de son âme de plus vastes horizons.

Tout en rangeant dans son portefeuille l'argent que Vilkki lui avait donné en échange de la vache, Toivo Loponen songeait à son avenir : avec un tel capital, il pourrait prendre un nouveau départ dans le Nord, passer la frontière et demander l'asile politique en Suède ou au moins, à défaut, déserter et se cacher dans les immenses forêts lapones. Il pensait être capable de s'y débrouiller jusqu'à la fin des hostilités s'il évitait de trop dépenser et exploitait les ressources de la nature : saumon, viande de renne, champignons et baies. Par égard pour sa jeune épouse, il ne pouvait évidemment pas l'emmener au fin fond de la taïga. Mais il avait le temps de réfléchir à ce qu'il ferait d'elle.

Avant de partir pour la Laponie, Laura Loponen prit soin de nourrir la vache et de la traire une dernière fois. Alors qu'elle lui donnait du foin, elle surprit la conversation des deux hommes, sur le quai. Leurs propos avaient de quoi faire frémir :

« Alors c'est ça, ton projet. Plutôt risqué.

— Je n'ai pas le choix. D'abord la Suède, ou alors la forêt. Putain ! je ne porterai pas les armes au nom du capitalisme et du fascisme.

— Qu'est-ce que tu vas faire de ta femme ?

— On verra, l'amour est bon conseiller. »

Laura fit coulisser la porte du wagon à bestiaux et leur demanda de quoi ils parlaient. Vilkki glissa sa bouteille d'eau-de-vie dans sa poche intérieure, l'air un peu gêné, mais Toivo Loponen se contenta d'un rire insouciant, comme à son habitude, et lança :

« On se disait qu'on pourrait ouvrir un hôtel-restaurant au bord du lac Onega, après la guerre. On pourrait l'appeler le Toivotel, par exemple. Mon copain Rosenius, que tu vois là, m'a même versé une avance. Nous allons faire dans le Nord un voyage de noces et d'études combiné, n'est-ce pas, chérie ?

— Je croyais que tu devais devenir instituteur », fit remarquer Laura à son mari.

Le jeune deuxième classe Seppo Sorjonen, qui faisait le ménage dans les trains sanitaires et avait par hasard suivi la transaction entre Loponen et Rosenius, sur le quai de gare, s'approcha. Il dit à Laura :

« Votre mari a vendu la vache et le coffre à ce Vilkki, je le connais, c'est une vraie fripouille.

— Je n'y crois pas... ma dot et mon trousseau ?

— Va donc balayer tes wagons, soldat, ou tu finiras en cour martiale », ordonna Loponen avec une pointe d'exaspération dans la voix.

Puis il ajouta à l'intention de son camarade :

« Laura est un peu maniaque, elle n'a pas encore eu le temps de s'habituer. »

En arrivant à Oulu, via Kontiomäki, Toivo Loponen présenta son certificat de mariage à la police militaire et obtint l'autorisation de poursuivre avec son épouse son voyage jusqu'à Rovaniemi, où il disparut pour la journée entière. Laura resta à l'attendre à la gare, qui grouillait de soldats allemands. La jeune mariée commençait à désespérer, épuisée, l'estomac vide, abandonnée dans un endroit où elle ne connaissait personne et ne savait où aller. Ce n'est que tard dans la soirée que son époux revint la sauver. Il était accompagné de trois militaires du Reich, dont au moins un officier, qui circulaient à bord d'une voiture noire. Toivo serra sa femme dans ses bras, tout s'arrangeait enfin. Les Allemands donnèrent à Laura deux boîtes de viande en conserve, du tabac et du chocolat. Elle était au bord des larmes, comment son mari avait-il pu la délaisser ainsi ? Elle était morte de fatigue et s'inquiéta de savoir où ils dormiraient. Ils n'avaient même pas encore eu de véritable nuit de noces, il n'y avait pas eu moyen dans le wagon à bestiaux, avec la vache. Ça manquait de romantisme.

« Ne t'inquiète pas, je nous ai trouvé une chambre pour la nuit, mais j'ai encore quelques affaires à régler. Je passerai te prendre demain matin. »

Avant de partir, Loponen ajouta :

« Mets donc ta robe de mariée avant d'aller te coucher, c'est jour de fête et ça fera plaisir à ces gens.

— Ne me quitte pas, Toivo chéri ! »

Mais l'homme fila vaquer à ses occupations. Les Allemands entraînèrent Laura dans leur voiture. C'est à ce moment qu'elle comprit que son mariage était mal parti, on ne fait pas des coups pareils à une femme. Elle se débattit vigoureusement tandis que les trois militaires la forçaient à monter à l'arrière, mordant, griffant, et les rendant si furieux qu'ils la rouèrent de coups. Au milieu des pleurs et des cris, une vitre de la voiture vola en éclats, et ce n'est qu'à l'arrivée dans la cour de l'hôtel Pohjanhovi que la jeune mariée réussit à s'enfuir. Toute la nuit, elle grelotta tristement sur la rive du fleuve, d'autant plus ulcérée que le soleil refusait de se coucher et de la laisser à sa solitude désespérée. Au matin, Laura Loponen alla droit à la préfecture et y raconta, étape par étape, tout son horrible voyage de noces. On lui offrit un repas et un billet de train pour rentrer chez elle.

Mortifiée, elle téléphona à son père depuis Oulu pour lui annoncer qu'elle rejoignait l'armée comme auxiliaire volontaire de première ligne. Ou n'importe quoi d'autre.

« Le mariage est annulé. J'ai trop honte pour rentrer à Haapamäki. Toivo a vendu ma vache et mon trousseau à un dénommé Vilkki, à Pieksämäki. Dis à maman que j'ai été folle et qu'on ne m'y reprendra plus. »

Laura Loponen, dépitée, retira son alliance en duralumin de son doigt et s'apprêtait à la jeter quand elle se ravisa et la glissa dans son sac à main. Autant garder ce maudit anneau en amer souvenir de son scélérat d'époux, afin de ne plus jamais se laisser avoir.

Le dentier de Mannerheim

On était en juin 1962 et les négociations sur le désarmement se poursuivaient à Genève. Des troubles secouaient l'Algérie française et l'Asie du Sud-Est. En Finlande, le temps était plus froid et plus pluvieux que d'habitude, mais Volomari Volotinen s'en moquait bien. Il avait maintenant vingt ans, était inscrit à la faculté de droit et draguait les filles dans l'espoir d'une première expérience. Il en attendait beaucoup.

Volomari finançait ses études en travaillant comme placier en assurances, menait une vie relativement rangée, ne s'adonnait que rarement à la boisson et ne passait pas de nuits blanches. Il réussit malgré tout à perdre sa virginité, avec l'aide dévouée d'une dénommée Riitta. C'était une camarade d'université, une grande brune longiligne issue d'une famille bourgeoise, fille du juge de réserve Fredrik Ronkainen. Au mois de juillet, elle invita Volomari à faire une croisière sur le lac Päijänne à bord du *Tehi*, un hydroptère de fabrication russe qui venait d'être mis en service. C'était un engin extraordinaire. Sa coque s'élevait entièrement hors de l'eau et seules ses ailes fendaient les vagues tandis qu'il filait à une vitesse de quarante nœuds. Il faisait un bruit épouvantable, et Volomari ne comprit pas très bien les mots d'amour que Riitta lui criait dans l'oreille. Était-ce une demande en mariage ?

Ils entretenaient le rêve d'un avenir commun, d'un cabinet d'avocats, d'une famille, d'une télévision et d'une voiture. Après l'excursion sur le Päijänne, Riitta suggéra à Volomari de partir faire une randonnée à vélo en Europe, par exemple en Suisse, et de s'y fiancer en secret. Il trouva l'idée excellente, d'autant plus qu'elle était prête à lui payer le voyage. Dans les Alpes, il aurait aussi le temps, en deux semaines, de perfectionner sa pratique des langues étrangères. Ils prirent donc le bateau pour Stockholm, et de là, chose rare pour l'époque, un avion à réaction pour la Suisse.

À Zurich, ils achetèrent un tandem d'occasion. Volomari au guidon et Riitta sur la selle arrière, ils partirent vers le sud, dans les montagnes ; le paysage, grandiose, respirait la propreté, les routes étaient par endroits terriblement escarpées, les vaches meuglaient dans les alpages, le soleil brillait et Volomari, au comble du bonheur, écoutait dans son dos la respiration de Riitta qui, malgré ses cuisses solides, haletait en pédalant. Ils parlaient allemand entre eux, sauf dans les montées les plus dures, qui les faisaient plus naturellement pester en finnois.

Ils passèrent une délicieuse nuit sous la tente au bord du lac des Quatre-Cantons, mais ensuite, à plus haute altitude, quand la pluie vint s'ajouter au vent froid qui soufflait même en été, l'atmosphère se tendit. Dans les alpages, il était presque impossible de trouver un terrain plat où camper. Dans un pré où Volomari bataillait pour dresser leur tente, ils furent témoins d'un assaut rustique : une des vaches d'un troupeau de bovins se trouvait être en chaleur et un taureau qui passait par là tenta, fidèle à sa nature, de remplir son devoir. Mais le petit pâturage occupait un versant si abrupt que la vache et le taureau, à l'acmé de la saillie, perdirent l'équilibre et dévalèrent la pente, entraînés par leur poids. Dans un concert de meuglements, ils roulèrent jusqu'à l'église située en contrebas. Là, un groupe de paysans vindicatifs attrapa le taureau et lui flanqua une raclée, tandis que la vache déçue était conduite à l'étable pour se calmer.

Les nuits sous la tente étaient humides et inconfortables. Riitta, habituée à une existence bourgeoise, constata bientôt que cette vie à la dure, en plein air, ne lui convenait pas et qu'elle avait le mal du pays. Son ton se fit venimeux. Volomari s'efforça de rendre leur séjour plus agréable. Il planta la tente dans un coin du cimetière d'un village de montagne, à l'ombre du mur d'enceinte, mais cela n'eut pas non plus l'heur de plaire à Riitta. Le terrain avait beau être plat, impossible de trouver le sommeil au milieu de cette forêt de stèles. Avec en plus la cloche de l'église qui sonnait toutes les demi-heures, le jeune couple, sous le coup de la fatigue, en vint à se disputer.

Ils atteignirent enfin la gare de Wassen. Volomari essaya de caser le tandem à l'intérieur d'un wagon, mais il était trop long. Riitta Ronkainen, victime de surcroît d'une infection urinaire, monta donc seule dans le train, laissant le jeune homme se débrouiller avec son vélo sur les routes en lacet. Il n'avait pas les moyens de la suivre, et dut grimper plusieurs cols avant de pouvoir redescendre vers le lac de Genève. La pluie avait cessé, les oiseaux chantaient, le tandem dévalait les pentes à toute allure. Volomari se sentait léger, débarrassé des jérémiades de Riitta.

Il trouvait facilement des passagers pour occuper le siège arrière du tandem, des jeunes filles aux joues roses et des garçons timides chargés de sacs de pommes de terre, parfois un vieux sentant l'alcool et l'oignon. Dans un village de la vallée du Rhône, il prit en stop une religieuse suisse. La sœur Esther, qui n'était plus toute jeune, coltinait un lourd panier de teille contenant plus d'une dizaine de bouteilles de vin qu'elle était allée chercher chez un vigneron voisin. Son abbaye, spécialisée dans la culture de fleurs et de légumes, n'en produisait pas elle-même. Esther pédalait avec entrain et était plutôt bavarde pour une moniale. Elle expliqua que son couvent appartenait à l'ordre de Saint-Benoît, fondé en l'an 529 par Benoît de Nursie, et en professait donc la règle. Elle fut ravie d'apprendre que Volomari était finlandais. Peu après la Seconde Guerre mondiale, elle avait elle-même été infirmière à Glion-sur-Montreux, où séjournait alors le maréchal de Finlande Carl Gustav Mannerheim.

« Un homme si distingué ! Il était très respecté en Suisse pour son héroïsme pendant la guerre d'Hiver. »

Mannerheim, d'après les souvenirs de sœur Esther, était un vieillard sec et élancé qui se promenait volontiers dans les allées de la clinique Val-Mont, le plus souvent seul, mais aussi parfois au bras d'une comtesse ou en compagnie de militaires finlandais.

La religieuse raconta avec fierté qu'elle avait eu une magnifique occasion de se rendre utile lorsque le maréchal avait eu besoin d'un nouveau dentier. Elle avait été appelée à la clinique pour aider à prendre son empreinte. La procédure était désagréable pour le patient, mais il n'avait pas protesté et s'était docilement laissé remplir la bouche de la pâte écœurante avec laquelle on avait réalisé le moulage nécessaire à la fabrication de la prothèse.

« Sa façon d'ouvrir grand la bouche était celle d'un héros et d'un homme du monde, à la fois aristocratique et efficace », soupira la moniale avec nostalgie.

Une fois son nouveau dentier en place, Mannerheim avait demandé à ce que l'ancien soit détruit. Il ne voulait pas que l'on sache qu'il portait un appareil. Il n'avait jamais non plus avoué dans ses mémoires qu'il n'avait plus une seule dent sur le maxillaire supérieur. Et il avait interdit à ses médecins de divulguer ce détail, pensant sans doute qu'un chef militaire édenté n'inspirerait pas confiance à ses troupes.

Les dents de Mannerheim avaient paraît-il été arrachées dès 1905 pour permettre la pose d'une première prothèse, pendant la guerre russo-japonaise, dans un train sanitaire quelque part en Mandchourie entre Harbin et Mukden.

Alors qu'ils traversaient des vignes, sœur Esther donna un coup de frein et demanda à Volomari de s'engager sur un petit chemin menant aux plantations. Elle avait une pressante envie de faire pipi, car par cette chaude journée elle avait bu beaucoup d'eau.

Après s'être soulagée entre les rangées de ceps, la religieuse renfourcha la selle arrière du tandem et se remit à pédaler avec une énergie nouvelle. Elle révéla aussi, à propos des soins buccaux de Mannerheim, que le dentiste suisse n'avait pas obéi aux ordres de son patient : au lieu de détruire la prothèse usagée, il l'avait plongée dans de l'alcool à 90 degrés et rangée dans une vitrine de son cabinet. L'hiver suivant, on avait découvert qu'un visiteur nocturne, une infâme crapule, avait bu l'alcool et jeté le dentier historique à la poubelle. Sœur Esther l'y avait trouvé et l'avait rapporté à l'abbaye, où il était toujours pieusement conservé.

Volomari déposa la moniale à la porte de son couvent et pédala le jour même jusqu'à la clinique Val-Mont. Elle était toujours en activité et accueillait de riches patients venus y soigner leurs maux. C'était un bâtiment en pierre de cinq étages, plutôt austère, coiffé d'un haut toit de tuiles. Le prix du séjour n'était pas à la portée d'un jeune étudiant, mais rien n'interdisait à Volomari de jeter un coup d'œil à l'intérieur. Quand il fit savoir qu'il venait de Finlande, on l'autorisa à visiter la chambre de Mannerheim, qui se trouvait être inoccupée. Le mobilier, d'une grande simplicité, aurait pu dater de l'époque du maréchal. Une vue magnifique s'ouvrait vers le sud.

À Val-Mont, Volomari Volotinen fut pris de l'envie soudaine d'acquérir le dentier récupéré par sœur Esther. Il faisait après tout partie du patrimoine public de son pays. Volomari redescendit donc sur son tandem dans la vallée et frappa à la porte du couvent. Ses talents linguistiques furent mis à rude épreuve lorsqu'il tenta d'expliquer son affaire à l'abbesse. Sœur Esther vint finalement à la rescousse, et il proposa sans détour aux moniales un marché honnête : elles lui cédaient le vieux dentier de Mannerheim, et lui leur faisait don d'un solide vélo pour deux personnes.

L'abbesse concéda que son établissement avait justement besoin d'un véhicule de ce genre, il ne possédait pas de voiture, juste une vieille moto à side-car capricieuse dont les sœurs avaient peur. De ce point de vue, le troc était donc tout à fait bienvenu. La question était de savoir si l'on pouvait utiliser comme monnaie d'échange les dents d'un défunt chef militaire. D'un point de vue religieux, il était impensable pour l'abbaye de se livrer à un commerce macabre de restes humains.

Volomari sortit son propre dentier de sa bouche et plaida qu'il n'était pas fait de chair et d'os, mais de bakélite ou de plastique. Dieu ne se formaliserait sans doute pas s'il le vendait ou l'échangeait, ou même le jetait à la poubelle.

L'affaire n'était pas si simple. L'abbesse rappela que Dieu avait créé l'homme à son image et que l'on ne pouvait vendre cette image, surtout post mortem. Le dentier était un élément essentiel de l'apparence de son propriétaire, et donc de l'image de Dieu, quand bien même il aurait été fabriqué à part avec de la matière inorganique et mis en place par la suite.

La controverse théologique semblait sans issue. Pour finir, on eut l'idée de demander l'avis du Vatican. À ce stade, Volomari Volotinen faillit abandonner, l'échange de correspondance avec Rome prendrait sûrement des semaines et il n'avait pas les moyens de rester à attendre en Suisse la décision du Saint-Siège sur le sort du dentier de Mannerheim. L'abbesse résolut cependant facilement le problème en décrochant son téléphone et en demandant à l'opératrice de la mettre en communication avec la Ville éternelle.

« Nous avons des relations directes avec le Saint-Siège, la question sera vite tranchée », expliqua-t-elle.

Une heure plus tard, elle eut au bout du fil le secrétaire de la congrégation de la Curie en charge de ce type de dossiers, un évêque irlandais qui lui donna aussitôt l'autorisation d'échanger le dentier du maréchal contre un tandem. Selon lui, il s'agissait d'une simple prothèse qui ne faisait pas partie intégrante d'un corps humain et pouvait donc faire l'objet d'un commerce. Il en aurait été tout autrement du dentier du Christ, par exemple, mais à son époque, sauf erreur, les prothèses dentaires n'avaient même pas encore été inventées. Le secrétaire précisa, à toutes fins utiles, que les dentiers de saints d'époques ultérieures étaient aussi considérés par le Vatican comme sacrés et ne devaient être ni vendus ni échangés, mais que les râteliers non canonisés ne faisaient l'objet d'aucune règle restrictive.

Volomari Volotinen se permit de profiter de cette communication si aisément établie avec le Saint-Siège pour prier l'évêque de passer au pape Jean XXIII le bonjour de ses compatriotes. La Finlande avait beau être un pays luthérien, on y observait avec bienveillance toutes les initiatives du Vatican, souligna-t-il. L'évêque promit de transmettre le message au souverain pontife et souhaita tant à ses amis finlandais qu'aux religieuses suisses de progresser avec bonheur sur le chemin spirituel de la vie terrestre.

Le troc fut donc acté. En examinant son acquisition, Volomari remarqua tout de suite au niveau de la canine droite l'inscription C. G. M. 1942 incrustée en lettres d'or dans le palais de la prothèse. Le maréchal l'avait donc portée de 1942 à 1950, date à laquelle on lui en avait fabriqué une nouvelle ici, en Suisse. Elle avait traversé les dures années de guerre, accompagné Mannerheim pendant la sanglante défense de l'isthme de Carélie, enduré la négociation de la trêve menée les dents serrées, suivi son propriétaire tout au long de la difficile période du paiement des réparations de guerre, assisté à son élection à la présidence de la République... elle avait été témoin, littéralement au mitan de l'action, d'instants décisifs pour la Finlande. Volomari Volotinen était conscient de tenir au creux de sa main un inestimable trésor historique.

Le jeune homme passa encore une bonne semaine à l'abbaye, participant aux travaux agricoles comme jardinier et comme charretier, en échange d'une modeste rémunération.

Une huitaine de jours plus tard, il repartit en Finlande avec le précieux dentier. De retour sur le sol de sa patrie, il déposa son trésor dans un bocal en verre dans lequel il versa l'exacte dose de raide nécessaire à la confection du célèbre cocktail auquel le maréchal avait donné son nom.

L'auxiliaire de première ligne
Laura Loponen

À l'approche du Premier Mai 1963, les couches sociales alcooliques connurent quelques jours d'angoisse : le 20 avril, alors que Volomari Volotinen fêtait ses vingt et un ans et sa majorité, les employés de bar et de restaurant entamaient une éprouvante grève d'ampleur nationale.

Volomari était sous-locataire d'une chambre d'étudiant dans le quartier de Punavuori, au fond d'un deux-pièces du rez-de-chaussée. Sa fenêtre donnait sur une cour asphaltée que n'égayait pas l'ombre d'un arbre ou d'une fleur, mais où puaient les poubelles de l'immeuble, que l'on ne vidait que tous les huit jours et qui débordaient dès le milieu de la semaine.

La pièce était petite et chichement meublée : un bureau, un lit métallique, un poste de radio FM, un fauteuil et une bibliothèque. Les livres y voisinaient avec une assez belle collection d'objets anciens : des ciseaux de tonte du XIXe siècle, un assortiment de pipes, de la porcelaine chinoise, le bâillon du hakkapélite, quelques éditions rares, un piège à renards des années 1910, le dentier de

Mannerheim dans son bocal. Volomari avait amoureusement nettoyé toutes ces pièces de musée et rédigé pour chacune sa propre notice, archivée en bon ordre dans une boîte de classement. Il avait collé sur chaque objet une étiquette indiquant le numéro de référence de la notice, accompagné d'autres informations de base. Sur le flanc du bocal hébergeant les dents du maréchal, il était écrit :

Prothèse du maxillaire supérieur de C. G. E. Mannerheim, portée de 1942 à 1950. « Histoire militaire ». Numéro d'inventaire : 28.

La grève des débits de boissons prit fin le 23 avril. L'alcool put donc comme à l'accoutumée couler à flots en l'honneur du Premier Mai, et cette fois Volomari Volotinen décida de célébrer lui aussi en beauté l'arrivée du printemps. Il était désormais majeur, ses études étaient en bonne voie, son travail de placier en assurances lui rapportait assez d'argent pour qu'il ne souffre pas de la faim. Le soir du 30 avril, consacré aux premières festivités, Volomari se rendit au siège de l'Association des étudiants des provinces du Sud, s'y bourra la gueule, fit tout le reste de la nuit la tournée des bars de la ville avec ses camarades et ne rentra chez lui qu'au petit matin, pété comme un coing.

Force est hélas de constater que les Finlandais, lorsqu'ils boivent, recherchent avant tout l'ivresse, et le comportement de Volomari Volotinen ne dérogeait pas à la règle.

Le lendemain, il se réveilla tout habillé avec une gueule de bois carabinée. Il avait la nausée, la bouche pâteuse, mal au crâne. Vaseux, il s'assit sur le bord de son lit et parcourut les murs d'un regard apathique. Ses yeux tombèrent sur la petite collection d'antiquités de sa bibliothèque. Il y avait là une bouteille d'absinthe carrée importée d'Italie, datant de 1909 ; elle s'ornait d'une belle étiquette représentant une femme nue et un serpent. Volomari aurait bien aimé faire crisser le bouchon et boire une bonne rasade, mais le flacon était désespérément vide. Son regard blême glissa vers les objets voisins, et soudain se fixa sur le petit bocal au fond duquel reposait dans son liquide conservateur le dentier de Mannerheim. Une pensée, un souvenir, une illumination lui vint : c'était de l'eau-de-vie ! Volomari Volotinen se leva lentement, tituba jusqu'à la bibliothèque, saisit le bocal d'une main tremblante et dévissa le couvercle. Une puissante odeur lui monta droit aux narines et, quand il trempa avec précaution sa langue sèche dans le liquide, ce fut comme si une vie nouvelle avait coulé dans son corps souffrant. Il attrapa sur l'étagère une antique cuiller à café russe en argent, numéro d'inventaire 13, et la plongea deux ou trois fois dans l'alcool pour le goûter, constatant aussitôt qu'il n'avait été en rien dénaturé par son séjour de près d'un an dans le bocal. Avec un peu d'eau du robinet du lavabo, il se fit un long drink.

Volomari Volotinen savoura sa boisson. Puis il se resservit, si bien que le dentier du maréchal se retrouva bientôt à sec. Il eut alors l'idée de l'essayer. Il ôta sa propre prothèse et la mit dans le bocal.

Tout est bon pour le palais d'un ivrogne, y compris le râtelier d'un autre. Volomari dut forcer pour ajuster dans sa bouche les vieilles dents datant de la guerre, ses gencives endolories grincèrent, mais l'appareil s'emboîta sur elles sans branler. En se regardant dans le miroir, le jeune homme constata que l'expression de son visage avait nettement changé, son sourire était un peu crispé, mais avec quelque chose d'aristocratique. Il songea que ce dentier avait mastiqué de nombreux mets raffinés. Mannerheim le portait quand Hitler était venu le féliciter pour son soixante-quinzième anniversaire, en 1942. Le repas dans sa voiture-salon avait sûrement été excellent... comme des milliers d'autres déjeuners, dîners, petits déjeuners et soupers. Le plus grand chef militaire de Finlande avait souri avec ces dents en bouche, son rictus rusé les avait découvertes lors de conseils de guerre ou de visites d'État, elles avaient séduit des baronnes vieillissantes. Volomari prit des poses devant le miroir, endossant divers rôles de Mannerheim, et se retrouva vite de joyeuse humeur. Maintenant qu'il portait cette prothèse, se dit-il, il devait se mettre quelque chose de solide sous la dent, et la rincer avec autre chose que de l'eau-de-vie de bas étage allongée d'eau. D'ailleurs il n'en restait déjà plus, son propre dentier cliquetait à sec au fond du bocal en verre. Volomari le fourra dans sa poche, se lava la figure en vitesse et se prépara à sortir. Sa casquette d'étudiant sur la tête et ses dents de maréchal dans la bouche, il quitta sa chambre d'un pas incertain et prit la direction des quartiers du centre.

Au petit matin, Volomari Volotinen se réveilla dans un lit qui lui était inconnu, la bouche vide. Sur la table de chevet reposaient deux dentiers, le sien et celui de

Mannerheim, et à ses côtés dormait une femme d'âge mûr à l'air énergique, sans doute une conquête d'un soir, une fiancée du Premier Mai pêchée en ville. Une fois réveillée, celle-ci lava son propre dentier, celui de Volomari et enfin celui du maréchal, avec une piété toute particulière.

Il ressortit de sa conversation qu'elle travaillait à la boulangerie industrielle de la coopérative ouvrière d'Elanto, dans le quartier de Sörnäinen. Elle avait aussi été pendant la guerre auxiliaire de première ligne, et accordait à ce titre la valeur qu'il méritait au dentier du vénéré commandant en chef des armées. Elle se nommait Laura Loponen.

Volomari Volotinen tenta discrètement d'en savoir plus sur ce qu'il faisait là.

Tout en préparant le petit déjeuner, la maîtresse pâtissière Laura Loponen résuma les événements de la veille. L'étudiant, ivre, avait fait irruption à midi dans le restaurant de l'hôtel Marski, où il avait eu un comportement tout à fait déplacé, s'était vanté avec grossièreté de porter le dentier du maréchal et s'était conduit à tous égards de manière détestable. À la fin, on l'avait jeté dehors, mais il avait plusieurs fois tenté de revenir. Puis il s'était endormi. À un moment, il avait aussi essayé de se battre, mais le résultat n'avait pas été très viril.

Volomari était mort de honte.

« Je t'ai ramassé là, dans les pieds des gens. » Sans son intervention, ajouta-t-elle, le trublion aurait été embarqué sans états d'âme par la police. Il ne se souvenait même plus de sa propre adresse et elle n'avait pas eu d'autre choix que de le recueillir chez elle. On était dans le quartier de

Pitäjänmäki. Au cours du trajet en taxi, l'étudiant ivre mort avait voulu se joindre au défilé des communistes sur la place du marché de Hakaniemi, mais elle l'en avait empêché et l'avait ramené chez elle pour dessoûler. D'ailleurs à ce moment-là il faisait déjà nuit, les manifestations du Premier Mai étaient terminées et les rues désertes.

Pendant qu'ils petit-déjeunaient, Laura Loponen rappela à son protégé qu'il avait par ailleurs réussi, dans le taxi, à lui faire souscrire une couverture de prévoyance polyvalente. Le document avait été finalisé et signé ici, à la maison. Elle alla chercher la police en question et la donna à lire au placier.

Volomari constata qu'il avait assuré la vie de la maîtresse pâtissière Laura Loponen pour une somme représentant cinq millions d'anciens marks, avec en sus des indemnités journalières en cas de maladie dignes d'un conseiller aux mines. À la lecture du document, il fut saisi de sueurs froides. Son soulagement fut grand quand Laura précisa qu'elle n'avait pas pris l'affaire au sérieux, ce n'était de toute évidence qu'une mauvaise plaisanterie. Mais des beuveries aussi désordonnées étaient inadmissibles, déclara-t-elle d'un ton très ferme.

« Et tout ça avec le dentier du maréchal de Finlande dans la bouche, tu devrais avoir honte. »

Le refroidisseur d'écrémillon

La fiancée du Premier Mai de Volomari Volotinen était née en 1922 et avait donc vingt ans de plus que lui. La différence d'âge était énorme, inutile de se voiler la face. D'un autre côté, le jeune homme paraissait plus vieux qu'il ne l'était, collectionner des antiquités avait sans doute fini par déteindre sur son allure. Pour une femme de quarante ans, Laura, quant à elle, avait le corps souple et l'allure juvénile : jamais on n'aurait cru qu'elle avait le double de l'âge de son compagnon.

On était le jeudi 2 mai, et Volomari était dans un triste état.

Laura Loponen remit le dentier de Mannerheim qu'elle avait nettoyé dans son bocal et remplit ce dernier d'alcool dénaturé. Dans le liquide bleuté, la prothèse avait l'air particulièrement noble.

« C'est du désinfectant, ça t'évitera la tentation de le boire », prévint-elle d'un ton définitif.

Elle fit chauffer le sauna, y lava le trublion, puis lui servit un solide déjeuner et lui fit visiter la maison.

Le soir tombait, mais Volomari n'avait aucune envie de regagner sa chambre d'étudiant de Punavuori. Se faire dorloter par cette femme attentionnée était si agréable et réconfortant que son propre logement en paraissait trop spartiate. Il réussit à dire qu'il passerait bien encore une nuit chez Laura, car rien ni personne ne l'attendait chez lui.

« Eh bien reste, si tu veux. »

Volomari ne rentra chez lui que le lundi suivant, et reprit souvent, par la suite, le chemin de Pitäjänmäki. Laura lui tricotait des gilets de laine, raccommodait ses vêtements, lui apprenait les bonnes manières et lui préparait à manger. Pris à l'hameçon, Volomari nourrissait de tendres sentiments, achetait des fleurs, s'effaçait sur le pas des portes, soupirait d'amour, serrait Laura dans ses bras et posait sur elle un regard brumeux.

En juin, Volomari Volotinen partit au service militaire à Santahamina, dans le bataillon de chasseurs d'Uusimaa; après avoir fait ses classes pendant les chauds mois d'été, il fut envoyé à l'école des sous-officiers, puis des officiers de réserve, à Hamina. Il était secrétaire du bureau des élèves et dirigeait avec deux de ses condisciples la publication du journal de sa promotion. Laura Loponen lui envoyait de gros colis et de sages lettres d'amour, et venait même de temps en temps lui rendre visite au volant de la camionnette de la boulangerie industrielle d'Elanto.

À la caserne, la différence d'âge entre elle et Volomari suscita quelques réflexions parmi les autres appelés, mais elles se firent plus rares et finirent par cesser totalement après qu'il eut mis son poing dans la figure des pires ricaneurs.

Leurs années d'écart n'avaient en fait que des avantages. Lorsqu'il comparait la personnalité et le comportement de Laura Loponen à ceux de sa compagne de voyage de l'été précédent, Riitta Ronkainen, Volomari se félicitait de constater que la plus âgée des deux surpassait largement celle de vingt ans, et ce quel que soit le domaine, féminité, expérience, science de l'amour, tendresse, intelligence, culture, endurance, empathie — vraiment tout ! La vigoureuse maîtresse pâtissière, qui avait donc quarante ans, était de taille moyenne, avec d'épais cheveux, un nez retroussé et un caractère parfois vif. Elle jouissait de revenus relativement confortables et possédait sa propre maison dans le quartier de Pitäjänmäki, tout allait bien pour elle.

Une fois son service militaire terminé, Volomari s'installa chez Laura pour déblayer la neige en hiver, s'occuper du jardin l'été, dormir contre elle du côté du mur et tenir le volant. Il déménagea ses modestes biens — meubles et objets anciens — dans la camionnette de la boulangerie.

C'est grâce à Laura Loponen que Volomari Volotinen devint véritablement un homme : elle finança le reste de ses études, pour lesquelles il était plutôt doué, lui apporta son soutien et veilla sur lui, si bien qu'il passa sa licence de droit quatre ans après être entré à l'université.

En récompense, en quelque sorte, pour l'obtention rapide de ce diplôme, qui plus est avec une bonne mention, Laura Loponen accepta d'épouser Volomari. Cela faisait plusieurs mois qu'il le lui demandait, mais elle avait jusque-là refusé, arguant non seulement de leur importante différence d'âge, mais aussi du fait qu'il n'avait ni métier ni véritable formation.

« À mon âge, une femme doit penser au divorce, à la retraite et à la mort », philosophait-elle.

Tout heureuse, elle écrivit à son catéchiste, le pasteur Hannes Taivainen : ce serait un honneur s'il acceptait de marier son ancienne confirmande. Après avoir officié à Haapamäki, l'homme d'Église, qui était âgé de plus de soixante ans, avait été nommé doyen de la paroisse de Sarfvik, non loin de Helsinki, où il attendait la retraite. Laura et Volomari prirent la camionnette de la boulangerie d'Elanto pour aller lui présenter leur requête en personne.

Hannes Taivainen s'était élevé dans la hiérarchie ecclésiastique jusqu'à la dignité de pasteur doyen, il avait grossi, et sa morale, au fil des décennies, s'était faite plus stricte. Il s'était renseigné en détail sur la vie de Laura depuis sa confirmation.

« Mon enfant, je suis au regret de te dire qu'il m'est impossible de bénir ta deuxième union. Mais que la paix du Seigneur soit avec vous. »

Selon le doyen Taivainen, l'homme et la femme avaient été créés monogames et, si l'un des conjoints mourait ou disparaissait, l'autre se devait de ne pas nouer de nouveaux liens, car une telle vie ne pouvait être qu'incomplète et imparfaite, puisqu'une première vie d'union avait déjà été vécue.

Taivainen reprochait aussi sévèrement à Laura d'avoir pris l'initiative, après la guerre, de chercher à divorcer de son mari de l'époque, le caporal Toivo Loponen, disparu quelque part en Laponie. Le divorce ne pouvant être prononcé, elle avait demandé aux autorités de déclarer décédé son époux légitime, ce qui avait été fait.

« Et maintenant, femme impie, tu as séduit un homme deux fois plus jeune que toi et tu voudrais que moi, ton catéchiste, je bénisse pareil projet de mariage. Je ne peux pas admettre la commission d'une telle impudicité sous le regard de Dieu tout-puissant. »

Méditant ces fortes paroles dans leur cœur, les fiancés retournèrent à Helsinki, décidés à se marier civilement.

Au moment de sceller leur union, en 1965, Laura avait plus de quarante ans, et Volomari vingt-trois. La cérémonie fut des plus simples, en la seule présence de deux témoins. On était au mois de mars.

Les tourtereaux n'organisèrent pas de fête de mariage, mais partirent pour un bref voyage de noces grâce au billet de train circulaire offert par le père de Laura : ils sillonnèrent la Finlande pendant une semaine et, au retour, firent un saut à la maison de garde de Nikaramäki, à Haapamäki, pour saluer les Lamuvaara. L'accueil fut chaleureux. On échangea des nouvelles, les beaux-parents examinèrent de près leur nouveau gendre et Laura lui montra les paysages de son enfance. Après avoir parlé à sa famille de la passion de collectionneur de Volomari, elle déclara d'un air timide qu'elle possédait elle aussi un objet assez ancien. Elle avait mis la main dessus après la guerre, alors qu'elle travaillait comme laitière à Kärsämäki.

« C'est un refroidisseur d'écrémillon tubulaire ouvert. »

Volomari se montra aussitôt intéressé. Un refroidisseur ? De quand datait-il ? À quoi servait-il ?

Laura lui expliqua : l'appareil en question, qui était utilisé depuis le début du siècle à la coopérative laitière pour refroidir l'écrémillon, se présentait comme une cuve de plus de deux mètres de haut montée sur des pieds en acier, dans la partie supérieure de laquelle était logé un serpentin tubulaire. Il permettait de traiter des milliers de litres pas jour.

Volomari connaissait bien l'écrémillon : on appelait ainsi le lait écrémé cru, une boisson triste et grise. Dans la famille du tôlier-ferblantier, on en buvait plus souvent que du lait entier. Mais pourquoi fallait-il le refroidir ?

Laura poursuivit : quand les bidons de lait des fermes arrivaient à la coopérative, on versait d'abord leur contenu dans le pèse-lait, d'où il était pompé dans des tuyaux conduisant au séparateur centrifuge pour y être écrémé ; les bidons étaient alors placés à la sortie du refroidisseur tubulaire, car l'écrémillon était rendu aux paysans qui le donnaient à boire à leurs veaux et à leurs valets de ferme. Mais il devait être refroidi avant d'arriver dans les bidons, afin d'éviter qu'il ne tourne pendant le trajet de retour.

Laura avait travaillé six ans en tout à la laiterie, d'abord à la fromagerie, puis au laboratoire, jusqu'à ce qu'elle se lasse de Kärsämäki et surtout des avances des fils de paysans et de leurs braillards de pères et parte pour Helsinki suivre une formation de pâtissière. C'était en 1954.

Volomari calcula qu'il avait alors douze ans.

« J'ai laissé le refroidisseur ici, dans la remise, il devrait encore y être. »

Mais non. Il s'avéra que l'oncle maternel de Laura s'était approprié l'appareil depuis déjà des années pour le transformer en une sorte d'alambic. Le vieux gredin, qui avait maintenant plus de quatre-vingts ans, avait plusieurs fois fait de la prison pour diverses arnaques. C'était un ivrogne chafouin et médisant que la famille préférait ne pas fréquenter, même s'il n'habitait qu'à quelques kilomètres. Il vivait seul, sa femme était morte depuis longtemps sous les coups.

Volomari et Laura allèrent néanmoins lui rendre visite le lendemain dans son taudis au bord de la voie ferrée. À l'intérieur flottait une écœurante odeur de restes de repas moisis et de vêtements sales. Le vieux, assis à la table de la salle avec une gueule de lendemain de cuite, toussait d'une sale toux de fumeur ; il s'empara avec avidité des paquets de café et du saucisson fumé apportés en cadeau, mais lorsque la conversation se porta sur le refroidisseur d'écrémillon, il se referma comme une huître en grommelant qu'il ne l'avait pas.

« Ne vous fâchez pas, mon oncle, nous voudrions juste y jeter un coup d'œil et peut-être l'acheter, c'est un objet ancien.

— Il est juriste, ton fiancé ? » demanda le vieux d'un ton aigre. Laura ayant acquiescé, il se renfrogna encore et grogna : « Je les connais, les juristes, bordel ! »

Ils trouvèrent la pièce de musée recherchée dans la remise, dissimulée sous du vieux foin et des feuillages.

Elle avait effectivement été transformée en un gigantesque alambic, le serpentin destiné à refroidir l'écrémillon avait été couplé à une arrivée d'eau afin de pouvoir distiller mécaniquement du moût pour obtenir de la gnôle. Une idée de génie, en soi, applaudit Volomari.

« Je ne me laisserai pas dépouiller, il ne bougera pas d'ici, même à prix d'or », aboya le vieux.

Tous les efforts de négociation de Laura et de Volomari restèrent vains. L'oncle leur ordonna de fiche le camp. Laura lui laissa son adresse, au cas où il voudrait lui écrire. Déçu, le couple retourna passer la nuit dans la maison du garde-voie.

Dans la soirée, le téléphone de Juuso Lamuvaara sonna. Sa femme Emma répondit, et devint soudain toute pâle.

« Cette fois mon frère nous a joué son dernier tour de cochon. Il a attelé un traîneau à sa moto pour aller cacher cet alambic je ne sais où, et on l'a retrouvé sans vie dans le fossé près du passage à niveau. »

Volomari et Laura enfilèrent rapidement leurs manteaux et partirent en courant vers le lieu de l'accident. Il faisait presque nuit, mais, à la lumière de leur torche électrique, ils virent déjà de loin que la situation était grave. Des voisins étaient sortis de chez eux. La moto gisait renversée sur la route gelée, avec, au bout d'une corde, le traîneau où reposait le refroidisseur d'écrémillon transformé en alambic. Le distillateur lui-même était mort.

Volomari et Laura le chargèrent dans le traîneau à côté de son précieux appareil. Le jeune homme enfourcha la moto, qui démarra docilement. Il franchit la voie ferrée et alla faire demi-tour un peu plus loin, au croisement de la route de Nikaramäki. La chaussée était glissante. Le traîneau pesait lourd, avec l'alambic et le corps du défunt, et avait tendance à dépasser la moto dans les descentes. Au retour, celle-ci se renversa presque exactement à l'endroit où le vieux était mort, au bas d'une pente, tandis que la remorque terminait sa course folle dans la forêt. Laura se précipita avec la torche pour évaluer les dégâts. Le traîneau avait percuté un arbre, le corps avait été projeté dans la neige, et sous le choc sa cuisse gauche s'était brisée.

« Heureusement que mon oncle était déjà mort quand sa jambe a cassé », sanglota Laura. Avec Volomari, elle remit le traîneau sur la route et y replaça le défunt. Le refroidisseur d'écrémillon n'avait pas souffert de la collision.

Ils ramenèrent le chargement funèbre à la maison de garde. On posa une attelle sur la jambe brisée de l'oncle, puis on le porta dans la remise. Le refroidisseur d'écrémillon fut conduit le lendemain à la gare de marchandises de Haapamäki et expédié à Pitäjänmäki. Laura et Volomari promirent de participer aux frais d'enterrement.

Quand ils furent de retour chez eux, quelques jours plus tard, et eurent installé le refroidisseur d'écrémillon dans le garage, Laura Volotinen soupira d'un air malheureux :

« Quel triste voyage, avec cette mort de mon oncle. Mes lunes de miel ont toujours viré à la catastrophe. »

Peu après ces événements, l'emploi de Volomari dans la compagnie d'assurances mutuelles Joukahainen fut pérennisé. Une vie maritale normale s'ouvrait enfin à lui.

L'union de Laura et Volomari Volotinen s'avéra des

plus heureuses. Il fut ainsi démontré par l'expérience qu'une femme mûre a tout d'un bon investissement : avec l'âge, les années s'accumulent, le capital augmente, elle acquiert une valeur muséale et un lustre historique. Il en va tout autrement d'une épouse de vingt ans : le charme de la jeunesse se dissipe à une vitesse incroyable, laissant derrière lui une coquille vide qu'une vie d'homme, aussi longue soit-elle, ne peut suffire à remplir.

Le tire-bouchon de Nätti-Jussi

L'hiver 1966 fut pour Volomari Volotinen une période passionnante et bien remplie. Alors que la première tranche de la raffinerie de pétrole de Neste, à Porvoo, venait d'être livrée et devait être mise en service en mars, la compagnie d'assurances Joukahainen, qui avait garanti le chantier contre les accidents et les incendies, souhaitait proposer à son client une assurance multirisque industrielle. C'était une grosse affaire. Trois hommes furent chargés d'inventorier les installations pour le compte de Joukahainen : un architecte industriel, un inspecteur d'assurances spécialisé dans les risques de production et Volomari Volotinen, présent en tant que juriste. La raffinerie fut scrutée à la loupe, les risques analysés et quantifiés, et la valeur moyenne des facteurs de préjudice, l'exposition du personnel aux accidents du travail et bien d'autres éléments calculés. Le travail prit tout l'hiver et, à son issue, Joukahainen remporta le marché. Volomari Volotinen en fut récompensé par une augmentation de salaire. Il fut nommé par la même occasion inspecteur de sinistres adjoint, ce qui constituait une belle promotion, vu sa jeunesse.

Cet hiver-là, Laura dut subir une ablation de la vésicule biliaire, qui se déroula heureusement sans problème. À son âge, une opération était toujours risquée. Pour égayer sa convalescence, Volomari décida de l'emmener en vacances. Il venait justement de se produire dans la commune de Savukoski, en Laponie, un étrange cas de fraude à l'assurance dans lequel un bûcheron itinérant était soupçonné d'avoir volontairement mis le feu à sa tronçonneuse. Les interrogatoires de police n'ayant pas permis d'éclaircir l'affaire, le nouvel inspecteur de sinistres adjoint fut envoyé enquêter sur place sur cet incident suspect. Les scies mécaniques ne s'embrasent en effet pas si facilement. Chaque fois que l'une d'elles flambe, prétendument parce qu'elle a trop chauffé ou pour toute autre raison, il y a lieu de penser que c'est l'œuvre d'un pyromane.

Les fils de la cicatrice de Laura avaient été retirés et rien ne l'empêchait donc de voyager. Les Volotinen se munirent de leurs skis, de sacs à dos et du porte-documents de Volomari.

L'incendiaire présumé, Santeri Huuskonen, était un bûcheron d'une cinquantaine d'années, un malabar crasseux puant la bière de ménage, de notoriété publique la pire canaille de Savukoski. Il soutenait avec aplomb que sa tronçonneuse McCulloch avait soudain pris feu alors qu'il coupait un arbre, les flammes avaient jailli et son outil lui avait fondu dans les mains. Ses gants et son bracelet de montre avaient eux aussi brûlé dans ce bazar.

Volomari s'entretint avec lui dans la sellerie du camp de bûcherons. Il lui fit savoir qu'il valait mieux avouer tout de suite la tentative de fraude : l'affaire pourrait se régler proprement, entre hommes, sans qu'il soit nécessaire de porter officiellement plainte. À l'appui de sa position, il produisit des statistiques prouvant que les tronçonneuses prenaient encore plus rarement feu que les celliers semi-enterrés.

Pour Huuskonen, il n'était pas question d'admettre sa culpabilité, ses primes d'assurance lui avaient coûté suffisamment cher, et, en tout état de cause, sa scie avait brûlé.

« Qu'est-ce que ça peut faire de savoir comment elle a cramé ? J'exige d'être indemnisé, j'irai jusqu'au tribunal s'il le faut. »

Un manche en bois qui semblait appartenir à un tire-bouchon dépassait de la botte de Santeri Huuskonen. Volomari le remarqua. Le bûcheron sortit l'objet de sa cachette et le lui tendit. C'était bien un tire-bouchon, fabriqué par un forgeron de village de Sompio. Sa mèche en acier mesurait dix centimètres de long et sa spirale avait le diamètre du goulot d'une bouteille de vin.

Huuskonen expliqua qu'il ne s'en séparait jamais, car il pouvait à tout instant s'avérer utile. On ne comptait plus les hommes qui s'étaient entaillé la main en tentant d'ouvrir une bouteille sans outil adéquat, ni les hémorragies et les ulcères provoqués par l'ingestion de vin assaisonné de débris de verre.

Le bûcheron déclara fièrement que le tire-bouchon avait appartenu au légendaire Nätti-Jussi. Il l'avait gagné en jouant contre lui au poker, à la Saint-Jean 1946, du côté des sources du Kemijoki, alors qu'ils flottaient à bois perdu les dernières grumes de la saison.

Nätti-Jussi était petit et plus laid que la moyenne, avec son corps déformé par la polio, et gagnait son pain sur les grands chantiers de bûcheronnage de Laponie en jouant aux cartes et en inventant des histoires abracadabrantes. Le malheureux était arrivé dans la région dans les premières décennies du siècle, poussé par la faim, en provenance d'on ne sait où en Ostrobotnie, et n'avait jamais réussi à rentrer chez lui. Dès Rovaniemi, ou au plus tard Oulu, l'argent du voyage avait chaque fois été dépensé en alcool et en femmes.

Mais Nätti-Jussi ne se plaignait pas ! Il était le roi du Grand Nord, ou même l'empereur, selon le moment, et se targuait d'être le premier Finlandais à avoir mis les pieds en Laponie. Il s'était même querellé, un jour, avec un autre bûcheron qui prétendait avoir été déjà là au moment du creusement du Kemijoki. Nätti-Jussi avait répliqué sans se démonter que peut-être, mais que lui-même avait avant cela participé au jalonnement de son tracé. Il avait d'ailleurs un peu bu le jour où, en tant que chef d'équipe, il l'avait dessiné, un peu plus long et plus sinueux que prévu, et avec plus d'affluents. Au total, plus de cinq cents kilomètres avaient été balisés pour le creusement du fleuve. À l'origine, l'idée était de le faire couler du lac Inari à Kemi, en passant par Sodankylä et Rovaniemi, mais à cause de ce léger excès de boisson, son cours avait été nettement déplacé vers l'est. Voilà pourquoi le Kemijoki prenait sa source aux alentours du mont Korvatunturi et traversait le lac Kemijärvi avant d'arriver à Rovaniemi. Fidèle à sa nature rebelle, Nätti-Jussi avait aussi pris plaisir à multiplier les rapides sur le parcours du fleuve.

Volomari Volotinen avait entendu dans son enfance bon nombre d'histoires passionnantes sur cette figure incontournable du folklore local. Le génial conteur n'avait sans doute pas laissé sur terre d'autres biens que ce tire-bouchon. Le rusé bûcheron, voyant que l'inspecteur de sinistres convoitait l'objet, lui proposa un arrangement : il le lui cédait, tandis que de son côté il oubliait cette histoire d'incendie volontaire. Pour aiguiser encore son intérêt, il lui raconta quelques truculentes anecdotes de plus sur la vie de Nätti-Jussi. Pendant la guerre, par exemple, lors d'un séjour en Italie, il avait été invité par Hitler et Mussolini à assister, dans le plus grand stade de Rome, à un match du championnat de foot des puissances de l'Axe. Les beautés locales, en lançant des œillades vers la loge d'honneur, s'étaient demandé en se poussant du coude qui pouvait bien être le petit moustachu placé entre le Duce et Nätti-Jussi.

Les compagnies d'assurances se targuent de toujours faire passer en premier le respect de la loi et l'intérêt du client. Les dommages sont indemnisés sans barguigner et la corruption est inconnue au bataillon. Volomari Volotinen était lui aussi en principe un assureur honnête. Il s'efforçait cependant d'éviter tout extrémisme. Cette affaire d'incendie volontaire n'était qu'une broutille qui fut vite réglée : Santeri Huuskonen lui remit le tire-bouchon de

Nätti-Jussi et se vit promettre en échange le remboursement de sa tronçonneuse détruite par le feu.

Le temps étant idéal, en ce mois de mars, les Volotinen avaient décidé de prendre quelques jours de congé pour une randonnée à skis dans les forêts du Koilliskaira. La cicatrice de Laura ne souffrait en rien de cet exercice modéré, la neige printanière scintillait au soleil et un petit vent sec soufflait. Avant de s'enfoncer dans la nature, Volomari avait acheté à Kemijärvi deux bouteilles de vin rouge qu'il avait rangées dans son sac à dos avec le reste de leurs provisions. Il voulait étrenner le tire-bouchon de Nätti-Jussi.

Bientôt la température se radoucit, la forêt se mit à soupirer d'un vent humide, les arbres à laisser tomber leur manteau blanc, l'air à sentir le printemps. La progression devint difficile, des paquets de neige lourde et mouillée collaient aux semelles des skis. Laura et Volomari projetaient déjà de rentrer à Helsinki quand ils apprirent que l'on avait repéré de récentes traces d'ours dans les forêts de Tulppio, non loin des sources du Kemihaara. Avec le redoux, l'humidité avait pénétré dans sa tanière et l'avait réveillé prématurément. À Savukoski, la nouvelle avait provoqué une forte fièvre cynégétique parmi les chasseurs et leurs chiens.

Volomari proposa à Laura de retarder leur départ pour le Sud afin d'assister à la chasse à l'ours, et c'est ainsi qu'ils prirent un taxi pour Tulppio. La neige tournait à la soupe, et ils se contentèrent donc, sac au dos, de suivre à skis sur quelques kilomètres la piste tracée par des dizaines de chasseurs. Elle les conduisit jusqu'aux rives du Jänesoja, au pied du Maaimmainen Sotatunturi, d'où l'on entendait résonner à quelque distance un assourdissant concert d'aboiements.

Volomari abattit un vieux pin mort sur pied, alluma du feu et découpa quelques billots en guise de table et de tabourets. Laura entreprit de préparer un repas de campagne. En tant qu'ancienne auxiliaire de première ligne, elle avait l'habitude : elle disposa sur des assiettes des tranches de renne fumé, du saumon et du fromage grillé de Laponie, mit des pommes de terre à bouillir et prépara une sauce tartare. Volomari tira de son sac une bouteille d'excellent bordeaux, ainsi que le tire-bouchon de Nätti-Jussi.

Le temps de tout mettre en place, il était largement midi passé. Ils commençaient à avoir faim. La sauce était prête et les pommes de terre presque cuites. Volomari ouvrit la bouteille afin de laisser le vin s'aérer avant le repas. C'est alors que l'on entendit, à l'est, approcher des aboiements et claquer quelques coups de feu. Ils allaient pouvoir assister à une véritable chasse à l'ours !

Au moment où Volomari s'apprêtait à faire goûter le vin à Laura, deux chiens hargneux lancés aux trousses d'un ours à la fourrure claire surgirent d'entre les pins à barbe de lichen. Laura saisit aussitôt son appareil photo. Les chasseurs à skis, pour leur part, se faisaient attendre ; leur proie, galopant dans la neige profonde, les avait distancés.

L'ours irrité aperçut l'inspecteur de sinistres Volomari Volotinen et sa femme Laura auprès de leur feu de camp.

Sans hésiter, il se rua sur eux, la gueule ouverte. Déterminé à tuer.

Volomari tenait la bouteille de vin rouge de la main gauche, le tire-bouchon de Nätti-Jussi de la droite.

Les réactions d'un homme en danger de mort sont rapides et efficaces. Volomari enfonça d'un geste sa coûteuse bouteille de bordeaux dans le gosier de l'ours, goulot en avant. De l'autre main, il lui planta le tire-bouchon dans l'oreille et le tourna frénétiquement dans le sens des aiguilles d'une montre tout en pesant dessus de toutes ses forces. En pénétrant dans la gueule de l'ours, la bouteille se cassa, du sang, des éclats de verre et du vin rouge éclaboussèrent la neige. Le vacarme était épouvantable, les chiens aboyaient, l'ours rugissait et secouait Volomari comme une vieille moufle, mais celui-ci ne lâcha pas le tire-bouchon de Nätti-Jussi, continuant à le visser dans le crâne de l'animal avec plus d'acharnement qu'aucun ivrogne au monde. Bientôt le roi des forêts s'écroula dans la neige mouillée. Volomari retira sa main de sa gueule et récupéra le tire-bouchon fiché dans sa cervelle.

Il avait heureusement une seconde bouteille de vin dans son sac à dos. Laura nettoya avec de la neige son bras couvert de profondes entailles dues aux éclats de verre et aux dents de l'ours, dont il garderait les cicatrices toute sa vie. Puis elle utilisa la trousse de premiers soins qui servait de cadeau d'entreprise à la compagnie d'assurances Joukahainen.

Avec son couteau de chasse, Volomari trancha les carotides de l'ours, le vida de son sang sur la neige et l'écorcha. Il jeta son cœur aux chiens.

Puis il remplit son gobelet et celui de Laura de vin rouge et ils purent enfin savourer un déjeuner bien mérité.

Alors qu'ils en étaient au dessert — un sorbet aux airelles —, les premiers chasseurs les rejoignirent, à skis, transpirant à grosses gouttes. En milieu d'après-midi, ils étaient une trentaine autour du feu de camp. Assez pour porter toute la viande, se réjouit Volomari.

Le sifflet
de la locomotive forestière

Le tueur d'ours Volomari Volotinen et son épouse Laura, encore convalescente après son ablation de la vésicule biliaire, quittèrent les bords du Jänesoja pour se diriger tranquillement vers l'ouest, en direction du Kemijoki. Au fil des heures, le froid se fit plus vif, la neige durcit et skier devint moins pénible. Ils passèrent au pied du Rannimmainen Sotatunturi et rejoignirent le fleuve à Lattuna. Là, ils découvrirent devant une ancienne baraque de bûcherons un bloc de granit de plus d'un mètre de haut sur lequel était boulonnée une plaque de cuivre. On pouvait y lire :

« Ici à Lattuna ont été stockées de 1913 à 1916 les grumes des forêts de l'État du bassin fluvial du Nuorttijoki transportées par tracteur à vapeur par l'entreprise Kemi-yhtiö. Ce premier chantier de bûcheronnage mécanisé de Finlande a été organisé par son directeur des achats, Hugo Richard Sandberg, dit Samperi. »

La passion de l'histoire de Volomari Volotinen se réveilla. Que s'était-il donc passé de si particulier dans ces forêts les plus reculées de Laponie à l'époque de la Première Guerre mondiale ? Il posa la question aux chasseurs locaux qui portaient la viande et la dépouille de l'ours et arrivaient à leur tour au monument. Appuyés sur leurs bâtons de ski, ils racontèrent.

Il ne s'agissait pas à proprement parler de tracteurs à vapeur, mais de véritables locomotives. On en avait utilisé deux, en plus d'une cinquantaine de traîneaux solides, pour transporter le bois. Elles avaient été commandées en Amérique, dans le Wisconsin. Samperi, le directeur des achats de Kemi-yhtiö, les avait fait charger dans des wagons de chemin de fer sur leur lieu de fabrication et transporter jusqu'à la côte, où elles avaient été embarquées à bord d'un cargo. Après avoir traversé l'Atlantique, elles avaient été transbordées à Hanko dans un train à destination de Rovaniemi. Là, elles avaient été démontées et mises dans des traîneaux tirés par des chevaux.

Les locomotives avaient ainsi été acheminées sur près de trois cents kilomètres à travers les forêts de Laponie, jusqu'à Tulppio. La tâche était titanesque : les engins pesaient seize tonnes chacun, il avait fallu des dizaines d'attelages. Une voie spéciale avait dû être dégagée pour la caravane, car la piste habituelle était trop étroite. L'itinéraire choisi suivait le cours de l'Ounasjoki en direction de Meltaus, Unari et Sodankylä, puis bifurquait vers les sources du Kemijoki.

« Ce convoi d'apocalypse, c'est signe de guerre », avaient prédit, effarés, les habitants de l'immense taïga lapone. Ça n'avait d'ailleurs pas tardé, la guerre mondiale avait éclaté.

La chaudière à vapeur de la première locomotive avait

versé deux ou trois fois dans le fossé en cours de route, mais la caravane était finalement arrivée à destination au bout d'une semaine d'efforts.

Samperi avait acheté à l'avance à l'État quelques centaines de milliers de grumes sur pied des forêts de Tulppio et fait construire un camp et des réservoirs d'eau, stocker des centaines de stères de bois de chauffe pour les locomotives, défricher sur des dizaines de kilomètres un chemin forestier principal dont on avait gelé la surface pour la rendre aussi dure que l'acier, telle une vraie voie ferrée, afin d'y faire passer les trains.

Au plus fort de l'activité, il y avait eu sur le chantier jusqu'à cinq cents hommes et cent chevaux. Les bûcherons abattaient les arbres dans la forêt, puis les troncs étaient débardés jusqu'au bord du chemin principal, où on les chargeait au moyen de grues hippomobiles dans des wagons à patins pour les conduire à l'aire de stockage de Lattuna. Lorsque l'autre train arrivait en face, on utilisait la ligne privée du chantier pour convenir par téléphone de la station à laquelle se ferait le croisement. Et tout cela pendant que la Première Guerre mondiale faisait rage dans le reste de l'Europe.

Samperi était un gros ponte de l'industrie forestière, un empereur de Laponie conscient de sa propre valeur qui exigeait que chaque matin un bûcheron ou un autre lui enfile ses bottes. Il se drapait volontiers dans un manteau en peau de loup, avait l'œil à tout et menait son monde à la baguette. Les jours de gel, quand il débarquait de son wagon-salon pour inspecter son chantier mécanisé, des aides bûcherons devaient passer devant et secouer la neige des branches afin qu'il ne lui tombe pas dessus, par malheur, le moindre flocon.

Lorsqu'ils évoquaient les exploits de Samperi, on sentait du respect dans la voix des chasseurs d'ours.

« Un bel emmerdeur ! »

La petite troupe fit demi-tour et rebroussa chemin vers Tulppio pour aller voir, non loin de là, l'une des locomotives de Samperi, qui avait été sauvée de la rouille et exposée sous un auvent.

Dans le soir tombant, le spectacle était impressionnant : au milieu du paysage enneigé, à trois cents kilomètres de la plus proche gare de chemin de fer, se dressait effectivement une énorme locomotive, souvenir du chantier de transport de grumes d'une ampleur sans précédent mis en œuvre à l'époque de la Première Guerre mondiale.

Le conducteur était placé tout à l'avant, à l'air libre, et tenait le volant enveloppé d'un manteau de fourrure. Le monstre de fer était muni de chenilles et de solides patins. L'équipage de quatre hommes comptait aussi un chauffeur, un préposé aux soupapes et un aide.

Les deux locomotives à vapeur avaient permis de transporter mille grumes par jour de la forêt au fleuve. Après les coups de blizzard, on avait tenté de damer la voie en y faisant courir des rennes, mais comme ces pauvres bêtes ne pesaient pas bien lourd, on avait envoyé des dizaines de bûcherons piétiner la neige. Le contenu de nombreux réservoirs d'une capacité de plusieurs milliers de litres d'eau avait été déversé pour former une surface gelée capable de supporter les centaines de tonnes des trains qui faisaient la navette entre Tulppio et le Kemijoki.

Les chasseurs disposèrent la peau de l'ours fraîchement tué sur le siège du conducteur de la locomotive et invitèrent Volomari à s'y asseoir. Laura prit quelques photos de lui et de l'engin.

« Le projet du vieux Samperi a fini par capoter », notèrent à regret les hommes de Savukoski. C'était sans doute à cause de la guerre. Les fortes gelées avaient aussi été source de difficultés, ainsi que la chute drastique des exportations de bois. Dans cette période troublée, il s'était aussi avéré impossible de faire venir des pièces de rechange du Wisconsin.

Volomari demanda s'il restait des objets ayant servi à cet énorme chantier de bûcheronnage. Il aurait aimé en acheter en souvenir de son séjour.

« J'ai chez moi, à Martti, quelques roues d'engrenage et un sifflet de locomotive, déclara l'un des hommes. Mais la ferraille laissée par l'empereur de Laponie vaut cher, de nos jours, ajouta-t-il en voyant s'allumer l'œil de Volomari.

— Et si je vous donnais cette peau d'ours en échange du sifflet, par exemple ? » Ils topèrent aussitôt là et la fourrure alla rejoindre le traîneau du propriétaire du précieux objet.

Volomari se rendit le lendemain matin au village de Martti pour prendre possession du sifflet de la locomotive forestière. C'était une belle pièce en laiton brillant, longue de plus de cinquante centimètres, qui pesait plusieurs kilos. Le vendeur expliqua que quand on y envoyait un jet de vapeur sous pression, il lâchait un hurlement monstrueux. On l'avait d'ailleurs encore utilisé après la Seconde Guerre mondiale pour envoyer des signaux. Il appartenait alors à un célèbre forgeron de village, flotteur de bois à ses heures et ivrogne patenté, Romu-Roope. On racontait qu'un jour, à court de boisson, il avait, depuis le sommet du mont Sotatunturi, demandé en criant à sa femme, à Martti, si son fournisseur d'alcool était passé au village. Elle était allée dans la forge et avait actionné le soufflet pour injecter de l'air dans le sifflet et répondre en morse à son mari, à des dizaines de kilomètres de là, que non, mais qu'il passerait paraît-il le lendemain.

« Combien de bouteilles veux-tu ? avait-elle sifflé.

— Prends-lui tout son stock », avait hurlé Romu-Roope en direction du sud.

Le vendeur offrit en prime à Volomari une burette en fer-blanc qui avait servi à graisser les parties mobiles des locomotives. Elle avait été découverte dans les ruines du hangar qui les abritait quand celui-ci avait brûlé dans le tumulte de la guerre d'Hiver.

« Du beau travail de tôlerie », constata le collectionneur.

Le slip de bain de Tarzan

Au mois d'août de la même année, Tarzan débarqua en Finlande. L'homme-singe n'existe bien sûr pas, c'est un personnage de roman, mais Johnny Weissmuller, qui l'incarnait avec succès à l'écran, avait été invité à la librairie Suomalainen kirjakauppa pour assurer la promotion de son autobiographie. La gent féminine avait pris note avec bonheur de cette importante visite, de même bien sûr que les petits garçons que les aventures de Tarzan passionnaient dans le monde entier.

Johnny Weissmuller avait, dans son passé de nageur, remporté cinq médailles d'or et battu dix-huit records mondiaux — un vrai crack des bassins ! Il avait commencé sa brillante carrière dès 1924, à l'âge de vingt ans, aux Jeux olympiques de Paris. À l'époque de sa visite en Finlande, il avait dépassé la soixantaine et commençait donc à être un peu vieux pour Tarzan. Il avait, au fil des ans, incarné de roi de la jungle dans d'innombrables films qui en avaient fait l'un des acteurs les plus populaires du monde. Au faîte de sa gloire, il avait littéralement bu la vie à pleines gorgées, et était ainsi devenu, avec l'âge, un sacré poivrot. On savait, dans le milieu du cinéma, que Tarzan buvait comme un éléphant, souvent du matin au soir, et qu'il ne devait qu'à son exceptionnel physique d'athlète de ne pas rouler sous la table dès le réveil.

Volomari Volotinen avait fait sa connaissance par hasard. La construction du plus grand pont d'Europe venait de s'achever au Portugal. L'ouvrage mesurait plus de deux kilomètres de long et enjambait le large estuaire du Tage, reliant les quartiers nord et sud de Lisbonne. Volomari avait été envoyé dans la capitale portugaise pour évaluer les implications assurantielles du pont, en qualité de membre associé d'une compagnie mondiale de réassurance. Les assureurs finlandais manifestaient un intérêt nouveau pour les relations internationales, et Volomari avait fait un exposé, à Lisbonne, sur les aspects juridiques des garanties devant couvrir le nouveau pont, soulignant que son effondrement, par exemple, porterait préjudice au trafic maritime de l'estuaire. De même, si un camion tombait des soixante-dix mètres de hauteur du tablier au moment où passait un pétrolier, les dommages pouvaient être incalculables. Et que dire si des terroristes faisaient sauter le pont, précipitant vers leur perte, avec leurs véhicules, les passagers d'une file de voitures de plusieurs kilomètres de long ? Il ne fallait pas non plus négliger le risque sismique, ni oublier l'attrait exercé par l'ouvrage sur les candidats au suicide : sauter par-dessus le parapet, qui était plutôt bas, pouvait très bien devenir un véritable phénomène de mode.

La compagnie de Volomari n'avait pas obtenu le contrat d'assurance du pont, mais pour le reste son séjour avait été agréable. La jeunesse aime les voyages.

Au retour, Volomari avait dû changer d'avion à Amsterdam et s'était ensuite trouvé assis à côté de Johnny Weissmuller. Celui-ci, d'excellente humeur, buvait avec entrain de la bière et même quelques boissons plus fortes. Volomari avait lui aussi eu le sentiment d'être un voyageur aguerri. Ils avaient parlé de ponts. Weissmuller avait évoqué le plus grand du monde, le Golden Gate, et s'était vanté d'avoir une fois, après avoir bu quelques verres, escaladé son pylône nord, la San Francisco Tower. Il était arrivé au sommet, grâce à son habileté d'homme-singe, en grimpant le long de câbles de suspension gros comme la cuisse. Les pompiers de San Francisco avaient transpiré plus d'une heure sur leur grande échelle avant de réussir à le faire redescendre. La scène n'avait hélas pas été filmée.

À l'arrivée à Helsinki, Tarzan était fin soûl. Il avait offert à Volomari une photo le montrant en tenue de scène sur le plateau d'un de ses films, dans les studios de Hollywood — une plastique impeccable. Johnny Weissmuller y avait apposé sa signature et avait invité son compagnon de voyage à venir à la librairie s'il voulait acheter son livre et se le faire dédicacer.

Ils s'étaient séparés à l'aéroport meilleurs amis du monde. Tarzan, à qui une suite avait été réservée à l'hôtel Seurahuone, aurait bien partagé son taxi avec Volomari, mais celui-ci allait à Pitäjänmäki.

Quand, en y arrivant, il avait raconté à Laura qu'il avait

fait le voyage d'Amsterdam à Helsinki à côté d'un Tarzan éméché, elle avait exigé qu'ils aillent le voir dès le lendemain matin. Volomari en avait conclu que le corps musclé et l'attitude simiesque du seigneur de la jungle ne la laissaient pas indifférente.

Le jour suivant, ils se présentèrent de bonne heure à la librairie. Un public avide de rencontrer Tarzan se pressait sur le trottoir. Quand les portes s'ouvrirent, la foule déferla à l'intérieur, mais, à la grande déception de ses admirateurs, l'homme-singe n'était pas là. Le gérant du magasin téléphona en hâte à l'hôtel Seurahuone pour savoir où il était. Johnny Weissmuller dormait encore dans son lit, il souffrait d'une solide gueule de bois et n'avait aucune envie de perdre son temps dans une librairie surchauffée. Après s'être longtemps fait prier, il daigna malgré tout se lever et, finalement, honorer ses obligations. Le public finlandais, en général peu démonstratif, l'acclama à grands cris, hommage que son mal de crâne l'empêcha d'apprécier à sa juste valeur. Il pria en revanche le personnel de lui dénicher une chope de bière fraîche s'il ne voulait pas le voir rentrer sur-le-champ à son hôtel.

La demande prit le gérant de court. Il n'y avait bien sûr pas de bière sur place, et où en trouver à cette heure, surtout glacée ? Volomari Volotinen s'avança et proposa ses services : il pouvait aller en chercher au tout proche café Vanha, aux frais de la librairie, naturellement.

On lui fourra un billet de banque dans la main en le pressant d'accomplir au plus vite sa mission. Le gérant souligna que c'était urgent, Tarzan risquait de s'enfuir.

Volomari partit en courant. Il tambourina à la porte du Vanha, encore officiellement fermé aux clients, et réussit à se faire ouvrir. Il expliqua qu'il lui fallait tout de suite une pinte de bière fraîche, ou même une double. C'était un cas de force majeure.

À l'époque, la vente d'alcool était très strictement réglementée en Finlande. Les horaires d'ouverture des débits de boisson étaient fixés par décret et étroitement contrôlés. Les inspecteurs des alcools pouvaient ordonner la fermeture des établissements qui ne respectaient pas scrupuleusement cette loi draconienne.

Le café Vanha fit aimablement une exception pour Tarzan. La serveuse courut à la cuisine, aussi vive que Jane à l'écran, et revint avec un plateau d'argent sur lequel étaient disposés un napperon en dentelle, une fleur et une double pinte de bière dans un verre embué.

Le portier, prévenant, tint la porte à Volomari Volotinen qui, le plateau dans les mains, dévala les marches du perron pour retourner au galop à la librairie. En posant la bière devant Tarzan, Volomari s'inclina tel un indigène africain. Le roi des singes assoiffé but avidement sa première gorgée de la journée.

« *Well*, ça fait du bien ! » remercia-t-il. Puis il regarda plus attentivement son sauveur et ajouta :

« Est-ce que nous ne nous sommes pas déjà rencontrés ? »

Volomari confirma qu'ils avaient voyagé ensemble, la veille, d'Amsterdam à Helsinki.

« *I'll be damned!* Mr Volotinen ! Et si on allait prendre

un petit verre quelque part, quand j'en aurai fini avec ce cirque ? »

Après avoir bu encore un peu de bière, Tarzan se mit au travail. Il dédicaça au moins un millier d'exemplaires de son ouvrage et, une fois le stock épuisé, la foule déchaînée acheta jusqu'à des livres de cuisine pour les lui faire signer. La librairie enregistra ce jour-là un excellent chiffre d'affaires.

En début d'après-midi, la cohue se calma suffisamment pour que Johnny Weissmuller puisse aller se restaurer. Il insista pour que Volomari et Laura Volotinen l'accompagnent. Le gérant les emmena à l'hôtel Torni, où ils déjeunèrent et burent sans modération à ses frais. Il suggéra ensuite à Weissmuller de revenir à la librairie pour dédicacer encore quelques ouvrages, mais celui-ci était trop bien parti pour se laisser atteler de nouveau à la charrue du marketing. Il tenait en revanche à s'imprégner de l'ambiance des cafés de la capitale, et l'on se mit donc en route pour une tournée des bars. Une foule toujours plus nombreuse d'admiratrices se pressait dans le sillage de Tarzan dans l'espoir d'obtenir des autographes et, faute de papier, leur idole gribouillait sa signature sur leurs bras ou sur leurs mollets, pour les plus audacieuses. Ce manège n'était pas du goût des mâles finlandais, chez qui la révolte grondait et qui, plus tard dans la soirée, se mirent à menacer ouvertement l'homme-singe.

« Comme si nous n'avions pas ici nos propres Tarzan », marmonnaient ces messieurs dans les toilettes. Les choses faillirent réellement mal tourner à l'hôtel Seurahuone, où quelques Finlandais jaloux jurèrent de casser la figure du héros s'il ne laissait pas leurs femmes tranquilles. On était au bord de la rixe, et Johnny Weissmuller ne faisait rien pour l'éviter. Il excitait même les envieux en passant des bras d'une adoratrice ivre à une autre. À un moment, il frappa à coups de poing sa poitrine résonnante et poussa un authentique cri de Tarzan, si puissant que la salle entière se tut de stupeur. Volomari Volotinen saisit l'occasion pour demander pardon au seigneur de la jungle, au nom de ses compatriotes mal lunés, puis il l'emmena se coucher dans sa chambre, avec l'aide de Laura. Celle-ci le déshabilla et le mit au lit. Ses gestes étaient maternels, mais teintés d'un zeste d'amour, à la manière de Jane.

Avant de s'endormir, Johnny Weissmuller remercia le couple de sa sollicitude et demanda comment il pouvait lui rendre la pareille. Laura lui suggéra tout de go de manifester sa reconnaissance en leur faisant cadeau d'un de ses slips de bain, par exemple. Weissmuller la pria de noter ce souhait dans son calepin. Il craignait, sinon, de ne rien se rappeler de cette journée et de cette soirée.

Un mois plus tard, Laura et Volomari Volotinen reçurent des États-Unis un paquet souple contenant un slip de bain et une lettre au ton chaleureux dans laquelle Weissmuller remerciait ses amis finlandais de leur confiance et leur souhaitait tout le succès du monde. Fair-play, le sportif devenu acteur n'avait pas joint de facture à l'envoi.

Le maillot était en soie bleue, avec sur les côtés de petites étoiles rouges et, à la taille, un élastique à peine détendu. La coquille était doublée d'une fine peau de chamois hydrofuge. Sur son bord, Johnny Weissmuller avait apposé sa signature, assortie d'un bref commentaire : « Avec ce slip de bain, j'ai remporté en 1928 à Amsterdam la médaille d'or du cent mètres nage libre. »

Enchanté, Volomari Volotinen ajouta le slip de bain de Tarzan à ses collections. Restait à décider s'il fallait l'exposer avec les accessoires de sport, ou créer pour lui une section spéciale consacrée à l'histoire des grands singes.

La dernière pierre runique de Snorri Cogne-dur

Au début du xᵉ siècle, il était advenu ceci : après une expédition de près de trois ans dans le califat et jusqu'à Bagdad, Snorri Cogne-dur avait repris le chemin de Birka, où il résidait habituellement. C'était un jeune chef viking, qui devait son surnom à son caractère irascible et violent.

À Birka, dans le centre de la Suède, Snorri avait armé une puissante flotte viking, avec au total six bateaux, cent quatre-vingts hommes, un certain nombre d'esclaves et de femmes, des vivres et des armes, et avait fait voile vers l'est.

Sur la côte du golfe de Finlande et dans le Häme méridional, il avait capturé quelques esclaves de plus. Puis il avait remonté la Neva jusqu'au lac Ladoga, échangé des marchandises dans le village homonyme, et poursuivi sa route vers le sud par le fleuve Volkhov. À Novgorod et sur le lac Ilmen, les Vikings avaient fait la démonstration de leurs mœurs sanglantes. En souvenir, ils avaient dressé au bord de l'eau une pierre runique sur laquelle avait été gravé un percutant résumé des exploits de Snorri Cogne-dur.

Après avoir remonté la Lovat, ils avaient tiré les bateaux, par voie terrestre, jusqu'au cours supérieur de la Volga, qu'ils avaient descendue vers le nord-est, puis en direction de Iaroslav, pour arriver quelques semaines plus tard dans la prospère cité de Bolgar, non loin du confluent de la Kama. Là, ils avaient échangé des épées de Birka contre des fourrures, remplissant tous leurs bateaux à ras bord. Ils avaient aussi pris quelques esclaves pour remplacer les morts et les malades.

De Bolgar, la flotte avait parcouru plus de mille kilomètres sur la large et paisible Volga, jusqu'à ce qu'elle se transforme en delta et se perde dans la mer Caspienne. C'était là que s'étendait la grande ville turque d'Itil, où les Vikings avaient passé l'hiver. Ils avaient de nouveau dressé une pierre runique en l'honneur de l'expédition de Snorri Cogne-dur.

Ils avaient repris leur navigation sur les eaux chaudes de la Caspienne, avec leurs bateaux pleins, vers la côte caucasienne et le califat, où ils avaient loué des chameaux et rallié Bagdad avec leur énorme chargement de fourrures. Là-bas, ils en avaient tiré un bon prix. Ils avaient aussi vendu leurs esclaves, qui étaient plus de vingt à être encore à ce stade vivants et en bonne santé. Une douzaine de Vikings avaient choisi de s'installer à Bagdad comme gardes du corps de l'émir, mais maintenant que les bateaux étaient chargés d'argent, ils n'avaient qu'un faible tirant d'eau et nécessitaient moins de rameurs qu'à l'aller.

Il avait fallu deux ans à la flotte de Snorri pour rejoindre le golfe de Finlande. Beaucoup d'hommes manquaient, emportés par la maladie, tués au combat ou restés dans le califat.

En mettant pied sur l'île de Kaunissaari, qui avait déjà à l'époque émergé des flots, Snorri Cogne-dur avait senti son cœur palpiter douloureusement dans sa poitrine et s'était écroulé mort sur les rochers du rivage. C'était un banal infarctus du myocarde, mais le scalde qui accompagnait l'expédition avait composé un poème décrivant ainsi la cause du décès du chef viking :

À tire-d'aile un rossignol
A traversé le cœur
De Snorri Cogne-dur.

Contrairement à la tradition viking, le corps de Cogne-dur n'avait pas été immédiatement brûlé, mais ramené chez lui à Birka, car il ne restait plus qu'une mer à traverser. Ses compagnons avaient cependant laissé sur place une pierre runique évoquant l'événement, sur laquelle on avait gravé selon les instructions du scalde le texte suivant :

« Snorri Cogne-dur est mort ici à son retour du califat après avoir chargé son bateau d'argent et de dirhams et tué cent Rus au fil des fleuves. Que Dieu ait pitié de son âme. »

Mille ans plus tard, les Volotinen étaient venus cueillir des champignons dans l'île de Kaunissaari, au large de Kotka, avec le beau-frère de Volomari, Tauno Häkkinen. L'automne avait été beau et il y avait dans l'archipel une abondance exceptionnelle de bolets roux, ainsi que de lactaires, au fond des vallons. Laura estima avec satisfaction qu'ils pourraient récolter pendant le week-end au moins vingt litres de champignons. Une fois salés, il y en aurait pour tout l'hiver.

Si Häkkinen avait invité Volomari dans les îles, c'était cependant pour une tout autre raison.

« Toi qui es un toqué d'antiquités de la pire espèce, qu'est-ce que tu dirais si je te vendais à prix d'ami une authentique pierre runique de l'époque viking ? »

Volomari regarda son rusé beau-frère. C'était un homme d'une quarantaine d'années, ouvrier dans une scierie et père d'une nombreuse famille, éternellement à court d'argent. Il avait aussi des dettes, dont une bonne part pour son chalet de pêche à Kaunissaari.

« Tu sais que les pierres runiques sont très demandées, ces temps-ci », poursuivit Häkkinen.

Volomari Volotinen n'avait pas besoin qu'on le lui précise. Il était tout à fait conscient de la valeur que pouvaient avoir des pierres runiques historiques vieilles de mille ans. Elles n'avaient tout simplement pas de prix, car on n'en trouvait pas sur le marché, elles faisaient partie du patrimoine des pays où elles avaient été découvertes.

« Je pourrais te la céder pour quinze mille marks. C'est le montant du trou de mes finances. »

Volomari demanda à voir ce trésor. En bateau à moteur, ils gagnèrent un îlot rocheux sans nom, un peu plus loin au large, dans les eaux duquel la pierre gisait par trois mètres de fond. Häkkinen avait appris son existence en buvant une bière avec des pêcheurs dans une taverne du port, le Kairo. Un vieux marin qui était mort depuis s'était vanté devant lui d'avoir trouvé par hasard dans la mer une étrange pierre polie sur laquelle un incapable avait gravé des motifs et des signes incompréhensibles. Pour vérifier, il avait effectué des plongées dans le coin, deux étés de suite, et en était arrivé à la conclusion qu'il s'agissait d'une pierre runique de l'époque viking.

Volomari et Laura laissèrent tomber la cueillette de champignons et louèrent à Kotka les services d'un plongeur et de sa barge. Avec l'aide du Häkkinen et de quelques autres hommes n'ayant rien de mieux à faire, on sortit la pierre de l'eau. C'était une stèle d'un mètre cinquante de haut sur un mètre de large, épaisse de quarante centimètres, avec sur chacune de ses faces l'un des textes dictés par le scalde. On la débarrassa des algues qui la recouvraient et on l'emballa dans une solide caisse en bois. On tenta ensuite de caser celle-ci dans le volume de chargement de la camionnette de la boulangerie d'Elanto, mais elle était trop lourde pour ses amortisseurs arrière et on la fourra donc sur le siège avant, où elle tenait tout juste. Volomari prit le volant et Laura alla s'asseoir avec ses seaux de champignons parmi les piles de corbeilles à pain vides.

À Porvoo, ils s'arrêtèrent sur la place du marché pour manger des saucisses et des frites. C'était déjà l'après-midi, il commençait à pleuvoir. Au même moment, devant la brasserie Nimbus, le pasteur Hannes Taivainen s'apprêtait à monter dans sa Volkswagen Coccinelle noire. Ce fut Laura qui le vit la première et tira son mari par la manche :

« Regarde, Taivainen ! »

Volomari piqua un sprint dans sa direction. Tout en galopant, il cria à l'intransigeant homme d'Église qu'il avait réussi à se marier sans pasteur, est-ce que ça ne lui en bouchait pas un coin ? Taivainen, effrayé, démarra en trombe. Volomari courut après lui sur la longueur d'un pâté de maisons avant d'abandonner et de rejoindre Laura. Vite, en voiture !

« Nom de Dieu, je vais lui claquer le museau !

— Ne roule pas si vite, tu fais valser les corbeilles à pain, supplia Laura.

— Il essaie de filer par la route de Helsinki. »

Volomari enfonça l'accélérateur de la camionnette de la boulangerie. La Coccinelle du pasteur atteignait le bout d'une longue ligne droite, mais, malgré la pluie qui frappait le pare-brise, il ne la quittait pas des yeux. Laura eut beau lui interdire de dépasser la vitesse autorisée, il appuya encore sur le champignon. Les pneus hurlaient dans les virages, mais après quelques kilomètres de course folle il finit par rattraper le fuyard. Il klaxonna et, par la fenêtre, lui fit signe de la main gauche de s'arrêter. Sans résultat. Au moment où il arrivait à sa hauteur, Taivainen freina brutalement et, sans mettre son clignotant, tenta de prendre à gauche en direction de Gammelbacka. La camionnette heurta de plein fouet l'aile arrière gauche de la Coccinelle. Le choc fut si violent que la caisse contenant la dernière pierre runique de Snorri Cogne-dur décolla du siège avant et, sous l'effet de son propre poids, transperça le pare-brise, défonça l'arrière de la Volkswagen, la traversa avec fracas et termina sa course à vingt mètres de là sur la chaussée. Les voitures réduites à l'état d'épave étaient jonchées de débris de planches, la pierre runique gisait sur le flanc sur le bas-côté.

« Je l'ai eu, putain !

— Volomari, tu es fou. »

Laura était sous le choc. Son mari dut lui prendre le bras pour l'aider à descendre de la camionnette. Elle resta plantée sur la route, un seau de champignons à la main. Volomari la soutint jusqu'à la pierre runique et lui ordonna de s'y asseoir. Puis il retourna en courant à la Volkswagen pour voir comment allait Taivainen.

« Je suis mort ? » demanda le pasteur, le teint gris.

Volomari ouvrit à l'arraché la portière avant défoncée et le tira hors de la voiture. Le vieil homme avait l'air hagard, ce qui n'avait rien d'étonnant. Il tenta de s'enfuir, mais ses jambes refusaient de le porter. Volomari s'efforça de le tranquilliser :

« Allongez-vous sur le bas-côté, je vais aller chercher une ambulance. »

Assise sur la pierre de Snorri Cogne-dur, Laura pleurait. Volomari partit en courant dans la direction d'où ils étaient venus, et croisa bientôt une première voiture. Bras écartés, il réussit à l'arrêter. C'était une fourgonnette, dont le conducteur se montra aussitôt à la hauteur de la situation. Il aida Volomari à installer l'homme d'Église blessé à l'arrière et fit demi-tour en déclarant connaître le chemin de l'hôpital de Porvoo. Laura voulut les accompagner, mais Volomari s'y opposa, on n'avait pas besoin d'elle.

« Pense à ton âge et reste assise sur cette pierre, au moins personne ne pourra la voler. Nous allons conduire le pasteur à l'hôpital. Il n'a rien de grave.

— Ne me laisse pas, Volomari ! » hurla Laura, hystérique.

Mais rien n'y fit. La fourgonnette où reposait le pasteur démarra. Laura resta là, hébétée, à regarder les deux voitures accidentées sur la route.

Elle éprouvait le même sentiment que pendant la guerre, à la gare de Rovaniemi, quand Toivo Loponen lui avait faussé compagnie. Bientôt les Allemands vont arriver, songea-t-elle anéantie. Elle avait froid, sous la pluie, et tremblait de tout son corps. Il lui fallait trouver refuge quelque part, mais elle se sentait trop vieille et trop fatiguée, et où aurait-elle pu aller ? Pourquoi les hommes l'abandonnaient-ils toujours aussi cruellement ? Puis une voiture de police s'arrêta, deux agents en uniforme en descendirent. Ils coururent auprès de Laura et la firent monter à l'arrière à l'abri de la pluie. Elle se débattit bec et ongles, ses vêtements se déchirèrent, une vitre vola en éclats.

« Calmez-vous, madame, tout va bien. »

Laura, en pleurs, se recroquevilla terrifiée dans un coin de la voiture de patrouille et enfouit son visage dans son manteau mouillé. Les jeunes agents de la police mobile lui parlèrent doucement, lui tâtèrent le pouls, lui assurèrent que tout allait s'arranger. Puis un taxi s'arrêta, Volomari Volotinen en sortit. Il se précipita vers sa femme, s'assit à côté d'elle, prit ses mains glacées dans les siennes. Elle le regarda, le reconnut, se serra contre lui et dit :

« J'ai cru que tu m'abandonnais.

— Bien sûr que non.

— Comment va Taivainen ?

— Trois côtes cassées et l'oreille gauche à moitié arrachée.

— Heureusement qu'il n'est pas mort.

— Heureusement, oui. »

Les policiers, sous la pluie battante, s'employèrent à régler la circulation. Une demi-heure plus tard, une dépanneuse arriva et dégagea les épaves du milieu de la route. Comme il pleuvait de plus en plus fort, le garagiste déclara qu'il reviendrait les chercher quand le temps se serait calmé. Volomari obtint cependant de lui qu'il transporte sur-le-champ la pierre runique de Snorri Cogne-dur à Pitäjänmäki. Il monta sur la banquette avant avec Laura. La stèle fut provisoirement déposée à la grille de leur maison.

« L'assurance remboursera les dommages, promit Volomari à sa femme qui, dans la nuit, s'inquiétait encore du sort de la camionnette de la boulangerie.

— Tu es sûr ?

— Tout à fait sûr, et les côtes et l'oreille du pasteur seront aussi indemnisées sans délai.

— Il faudra aller rendre visite à Taivainen à l'hôpital de Porvoo et lui demander pardon. On pourrait lui apporter un gâteau au chocolat, par exemple, avec un joli décor en massepain, une croix ou autre chose. Je le confectionnerai moi-même. »

Laura avait retrouvé toute sa sérénité. Elle suggéra de

dresser la pierre runique sous le grand pommier à côté du garage, là où le soleil du soir l'éclairerait.

« Heureusement que tu ne m'as pas vraiment abandonnée là-bas sur la route », dit-elle, et elle éteignit la lumière.

Le fauteuil à bascule du Häme

C'était la folle année européenne de 1968 : les étudiants manifestaient, la guerre du Viêt Nam s'intensifiait, Martin Luther King était assassiné et la construction du canal de Saimaa s'achevait. Dieu et les compagnies d'assurances étaient surchargés de travail. Volomari Volotinen avait de son côté atteint l'un de ses objectifs en obtenant un poste permanent d'inspecteur de sinistres. À cette occasion, le directeur de la branche assurances de Joukahainen prononça un petit discours dans la cafétéria de l'entreprise.

« Dieu qui est au ciel est tout-puissant et nous pouvons nous reposer sur lui. Mais, comme chacun sait, il n'aide pas tout le monde, il n'en a ni le temps ni l'envie. C'est bien connu. »

Le directeur fit une pause pour donner plus de poids à son message au jeune inspecteur.

« Ici sur la terre, ce sont les assureurs qui tiennent lieu de Dieu. Lorsqu'il n'est d'aucun secours, la compagnie d'assurances mutuelles Joukahainen est là. Nous sommes en quelque sorte ses suppléants, ou du moins ses représentants ici-bas. Quand les gens ont de gros problèmes, Joukahainen leur vient en aide et verse à la veuve le montant de l'assurance-décès de son mari, règle les frais de maladie, reconstruit les maisons brûlées, répare les dommages causés par les voleurs et les assassins. Nous sommes plus importants que les médecins, car sans nous ces derniers ne seraient pas payés. Les décisions d'indemnisation des compagnies d'assurances soulagent plus efficacement la souffrance des victimes que les prières d'intercession du plus pieux des pasteurs. Une bonne assurance protège les gens plus sûrement que la police. Nous sommes la providence des veuves et la planche de salut des orphelins, nous sauvegardons les biens publics et privés, nous préservons l'indépendance de la nation, nous sommes la colonne vertébrale de la Finlande. »

Nouvelle petite pause.

« Et nous réalisons tout cela en étant payés au pourcentage. Plus nous mettons d'enthousiasme à agir pour le bien commun, plus nous gagnons d'argent. Rappelez-vous cela, mon jeune ami. C'est la seule chose que vous ayez besoin de savoir, maintenant et à l'avenir, pour exercer le métier d'assureur. »

Le directeur félicita Volomari pour son nouveau poste d'inspecteur de sinistres. Puis il ajouta d'un ton moins solennel :

« Un inspecteur de sinistres doit bien sûr aussi veiller aux intérêts financiers de sa société, et, s'il y parvient avec succès, la prospérité de cette dernière contribuera à la richesse de la nation. »

Quelque temps plus tard, en juillet, Volomari Volotinen fut envoyé dans le Häme septentrional, où il y avait eu, au printemps et au début de l'été, un certain nombre d'effractions dans des résidences secondaires. À Orivesi, Längelmäki, Teisko et Oripohja, seize chalets et villas, au total, avaient été cambriolés. L'inspecteur de sinistres retrouva sur place le chef de police rurale de Längelmäki, Heikki Rytökorpi, un étudiant en droit à qui le poste avait été confié par intérim pour la durée des vacances.

Sous le soleil d'été, les deux enquêteurs firent en autocar et en taxi le tour des propriétés concernées, afin d'examiner les lieux et de parler avec les habitants. Le chef de police suppléant rédigeait des procès-verbaux d'interrogatoire, Volomari Volotinen faisait l'inventaire des dommages et vérifiait les contrats d'assurance.

Rytökorpi tentait de faire avancer l'enquête, mais en dehors des traces d'effraction, il n'avait pas grand-chose à se mettre sous la dent. La liste des objets disparus était en général longue, les victimes ayant jugé bon d'y inscrire des biens qu'elles n'avaient même pas eu le temps d'acquérir. Volomari ne se laissait pas impressionner par ces revendications et faisait remarquer, imperturbable, que pour les objets les plus coûteux, des factures ou autres preuves d'achat tangibles devaient être fournies. Les abus les plus manifestes donneraient lieu à des poursuites judiciaires. Dans la plupart des cas, l'on parvenait ainsi à une liste de dommages d'une longueur raisonnable, et les enquêteurs pouvaient passer au chalet suivant.

La tournée leur prit près d'une semaine. Ils se faisaient

héberger pour la nuit par des propriétaires accueillants, profitaient du sauna et de baignades dans les lacs et se voyaient souvent offrir des repas, ou même des coups à boire. Parfois, après le sauna, le chef de police suppléant Heikki Rytökorpi sortait son attaché-case et en exhibait le contenu. Il y avait, rangées au milieu, une chemise en nylon et une paire de chaussettes propres ainsi qu'une boîte de corned-beef et, de chaque côté, une grosse bouteille carrée de whisky Ballantine's. Tous ces trésors étaient dissimulés sous une liasse de procès-verbaux d'interrogatoire.

Le chef de police suppléant était convaincu que les attachés-cases étaient spécialement conçus aux mesures de la bouteille de Ballantine's. Il soupçonnait les maroquiniers qui les fabriquaient à travers le monde d'être actionnaires de la fameuse distillerie, ou celle-ci, à l'inverse, de manufacturer en toute discrétion des millions d'attachés-cases afin de populariser son whisky. Quoi qu'il en soit, l'adéquation était parfaite. Lorsqu'ils firent étape à Tampere, Volomari Volotinen s'empressa d'acheter un attaché-case et deux bouteilles de Ballantine's pour le garnir, consacrant ainsi son entrée dans la caste des hommes d'affaires.

Quand ils eurent terminé leur tournée et fini d'examiner tous les sites des cambriolages, les deux enquêteurs décidèrent de regagner à pied, par Länkipohja, le bourg de Längelmäki où Heikki Rytökorpi avait son bureau et où Volomari Volotinen pensait faire un peu de prospection en sa qualité de placier en assurances. En chemin, ils comptaient passer par une ferme isolée appartenant à un ivrogne invétéré, Tuomas Renkoinen, célèbre pour ses activités de distillateur clandestin et sa faramineuse consommation d'alcool. Le chef de police suppléant espérait pouvoir, avec un peu de chance, lui coller une amende, tandis que Volomari souhaitait lui proposer une assurance-décès.

Ils trouvèrent Tuomas Renkoinen assis, au beau milieu de la journée, dans le fauteuil à bascule de sa salle de ferme. Son visage bouffi était d'un rouge apoplectique, ses yeux étaient cernés de valises noires, ses cheveux se dressaient en désordre, son pantalon ne tenait que par une bretelle. Il puait.

Il était clair sans avoir à poser la question que le malheureux fermier souffrait de la pire gueule de bois de l'été. Il avoua au chef de police ne pas avoir dessoûlé depuis le début du mois de mai, mais jura n'avoir pas distillé de gnôle ni bu autre chose que des alcools autorisés achetés en ville par son gendre. Volomari Volotinen ouvrit son nouvel attaché-case et entreprit de lui vanter une solution d'assurance adaptée. Renkoinen aperçut les bouteilles de whisky. Une furieuse envie d'alcool s'alluma dans ses yeux vitreux, il s'agrippa aux accoudoirs de son fauteuil à bascule et demanda d'une voix pitoyable à les acheter. On n'imagine pas de quels épanchements lyriques un habitant du Häme, pourtant réputé lent par nature, est capable lorsqu'il a sous les yeux deux bouteilles de whisky pleines. Ce n'est pas pour rien que le prix Nobel de littérature a un jour été décerné à un natif de la province, Frans Emil Sillanpää.

Volomari Volotinen fit remarquer qu'il ne pouvait décemment pas se mettre à vendre du whisky en présence du chef de police, sachant que la loi l'interdisait en principe.

« Et si on faisait un échange? proposa Tuomas Renkoinen. Vous pouvez prendre ce que vous voulez, regardez autour de vous », ajouta-t-il en balayant la salle d'un ample geste de la main.

Il n'y avait pas beaucoup d'objets de valeur dans la maison de l'adepte de la picole : une horloge murale arrêtée à laquelle manquait une aiguille, une grande table de ferme jonchée d'arêtes de poisson et maculée de lait caillé tourné, des bancs alignés le long des murs, quelques vieux tapis en lirette plissant sur le plancher. Mais son fauteuil à bascule était magnifique : soigneusement peint, de modèle ostrobotnien, avec de longs patins élégamment incurvés et un dossier à onze barreaux.

Volomari Volotinen proposa un troc : le meuble contre une bouteille de whisky. Cela convenait à merveille à son propriétaire, et le chef de police n'avait rien contre. Tuomas Renkoinen jaillit de son siège, saisit d'une main tremblante la bouteille tant convoitée, dévissa le bouchon et avala une première gorgée, les yeux fermés. Sa pomme d'Adam descendit et remonta deux ou trois fois, puis il retourna s'asseoir d'un pas titubant, non pas dans le fauteuil, qui se balançait maintenant tout seul, mais sur un banc de la salle sur lequel il se laissa tomber comme un malheureux valet de ferme. Il avait bu dans sa vie une quantité infinie d'argent et d'objets, et avait maintenant sacrifié son dernier trésor, une antiquité qu'il tenait de ses aïeux.

Renkoinen n'était pas intéressé par un contrat de prévoyance et, après avoir constaté avec quelle avidité il s'adonnait à la bouteille, Volomari Volotinen conclut qu'il valait mieux laisser tomber : ce n'était pas la peine d'assurer une telle épave. Avec le chef de police, il empoigna donc le fauteuil à bascule du fermier et le renversa, patins vers le plafond. Rytökorpi se plaça à l'avant pour le porter par le dossier, Volomari à l'arrière. Le meuble ne pesait pas très lourd, mais il était encombrant, et ses patins heurtèrent au passage le linteau de la porte.

Les deux hommes laissèrent derrière eux la ferme isolée, emportant son dernier trésor de famille. Ils décidèrent de couper à travers bois vers Längelmäki, qui se trouvait à environ cinq kilomètres d'après le chef de police. La journée d'été était chaude, les taons bourdonnaient, le soleil brillait, l'atmosphère était heureuse. Ils traversèrent des prés où paissaient des moutons, dépassèrent quelques granges et pénétrèrent dans la forêt. À intervalles réguliers, ils faisaient des pauses, buvaient un coup au goulot de la bouteille de whisky restante, fumaient une cigarette et se reposaient à tour de rôle dans le fauteuil à bascule. Quand on l'installait sur du plat, il faisait bon s'y balancer et profiter de l'été.

Ils arrivèrent à un petit lac. Le chef de police rurale fut un peu surpris, il ne s'attendait pas à le trouver là. Ils posèrent leur fardeau sur le sable de la rive, se déshabillèrent et piquèrent une tête. Ils reburent ensuite un coup, et Volomari ouvrit la boîte de corned-beef qu'il avait glissée dans son attaché-case à l'instar de son modèle. Quoi de plus agréable que de siroter du whisky et de se nourrir d'une bonne viande en conserve en se laissant bercer par le fauteuil au bord d'un lac aux eaux claires ! Puis ils se remirent en route.

Plus tard dans l'après-midi, ils franchirent quelques ruisseaux dont le chef de police ignorait l'existence. Le soir tomba, puis la nuit, mais pas de Längelmäki à l'horizon. Ils décidèrent de dormir dans une grange, la nuit se passa relativement agréablement dans le foin odorant, et il restait encore du whisky.

Le lendemain matin, ils repartirent, trimballant toujours leur chargement. Il semblait maintenant clair qu'ils s'étaient perdus. Ils tentèrent de s'orienter par rapport au soleil. Vers midi, ils se heurtèrent à une sapinière particulièrement touffue à travers laquelle il était difficile de se frayer un passage avec le fauteuil dont les patins se prenaient dans les branches, les envoyant cingler violemment le visage de Volomari, qui marchait derrière. Sans compter les moustiques qui les harcelaient. Le chef de police, fatigué de jouer les portefaix, déclara d'un ton officiel qu'en ce qui le concernait, cette vieillerie pouvait rester dans la forêt, son travail l'attendait à son bureau.

Quand ils sortirent enfin de la sapinière, ils firent une pause. Volomari Volotinen invita Heikki Rytökorpi à s'asseoir et à reprendre des forces. Il promit de le dédommager correctement pour ses efforts, afin de ne pas avoir à abandonner au fond des bois une aussi précieuse antiquité. Le chef de police marmonna qu'à sa connaissance les représentants de la loi n'étaient pas payés pour crapahuter dans les forêts en traînant des fauteuils à bascule, mais pour être à leur poste à maintenir l'ordre et enquêter sur les infractions commises. Cela ferait bientôt vingt-quatre heures qu'il ne s'occupait que de cette vieillerie.

« Qui sait s'il n'y a pas eu un meurtre, pendant ce temps, dans mon district », s'inquiéta-t-il, pris d'un mauvais pressentiment.

Volomari parvint non sans mal à le persuader de continuer à porter sa part du fardeau. Dans la soirée, ils parvinrent à un grand lac. Était-ce le Längelmävesi ? Rytökorpi était si épuisé qu'il refusa tout net de faire un pas de plus avec le fauteuil. Selon lui, Volomari s'en tirerait bien tout seul jusqu'à la route, maintenant. Il n'avait qu'à nager avec son acquisition jusqu'à la rive opposée du lac, il y trouverait sûrement de l'aide. Lui-même avait l'intention de suivre les berges jusqu'aux plus proches habitations.

Volomari se déshabilla pour voir si le meuble voulait bien flotter. L'eau était bonne, mais impossible de nager avec un objet aussi encombrant. Il but la tasse et manqua de se noyer. Rytökorpi l'aida à sortir de là avec son trésor.

Volomari Volotinen eut alors l'idée de lui proposer un avantageux contrat d'assurance-accidents, à condition qu'il ne l'abandonne pas au bord du lac avec son fauteuil à bascule. Il ouvrit son attaché-case et lui exposa son offre. Usant avec persévérance de toute son habileté, il fit surgir la vision d'un monde dangereux et de situations dans lesquelles le chef de police suppléant risquait de se transformer en victime. Une bonne assurance personnelle pourrait alors le sauver. Un dernier verre de whisky vint faciliter la négociation et ils parvinrent à un accord. Une fois le papier signé et rangé dans sa poche intérieure, Rytökorpi empoigna avec une ardeur ravivée le dossier du fauteuil à bascule. Le transport reprit, dans des conditions plus sûres qu'avant la pause, car la bête de somme qui marchait en tête était maintenant couverte par de solides garanties. Celles-ci s'avérèrent d'ailleurs vite utiles.

Au crépuscule, ils arrivèrent à un promontoire sur lequel se dressait une belle villa. Ils crurent leurs ennuis terminés, mais ce fut tout le contraire. Une bruyante assemblée se trouvait réunie sur la terrasse pour passer une soirée d'été autour d'un repas et de boissons. En voyant les deux hommes trimballer leur fardeau sur la plage bordant le lac, le maître de maison, qui semblait avoir des manières plutôt directes, s'écria :

« Non mais quel culot ! Ils volent même des fauteuils à bascule, maintenant. »

Apparemment, la nouvelle de la retentissante série de cambriolages de résidences secondaires était parvenue jusque-là. Rytökorpi gueula en direction de la villa qu'il ne s'agissait pas d'un vol, ils transportaient juste une antiquité paysanne à des fins de collection. Il était le chef de police rurale du district, ajouta-t-il, et n'admettait pas qu'on mette son honnêteté en doute.

Un homme plus âgé, complètement ivre, se dressa alors sur la terrasse, et déclara d'un ton sans appel :

« C'est moi qui suis le chef de police rurale de ce district. »

Puis il se laissa tomber dans un fauteuil en osier, d'où il grogna :

« Au nom de la loi, je vous arrête. »

Rytökorpi, outré par la plaisanterie, vit rouge et lâcha une salve de jurons. Il aurait cependant mieux fait de ne pas perdre son sang-froid, car le propriétaire de la villa courut à l'intérieur chercher une carabine de petit calibre qu'il tendit à son chef de police. Celui-ci la brandit en direction de celui de Volomari Volotinen.

« Un pas de plus et je tire », menaça le vieux en titubant avec son arme jusqu'à la balustrade de la terrasse, sur laquelle il s'appuya du coude.

Un coup de feu claqua. La balle traversa le dossier du fauteuil à bascule et la cuisse du chef de police rurale suppléant Heikki Rytökorpi, pénétrant dans le muscle, mais, par chance, sans briser le fémur.

Volomari Volotinen se précipita pour vérifier les dommages subis par le dossier. Puis il examina la blessure de Rytökorpi. C'était le fauteuil qui était le plus gravement touché, conclut-il. Il cria en direction de la villa pour exiger que ses occupants viennent tirer au clair cette affaire de tir. Ce fut fait. Le coup était paraît-il parti plus ou moins par accident.

On pansa la jambe de Rytökorpi. Il s'avéra que Volomari et lui s'étaient égarés avec leur fauteuil jusque dans la commune voisine, dans le district d'Oripohja, et que c'était donc bien un authentique chef de police qui était présent, ivre mort, certes, mais représentant malgré tout la loi. Comme personne, à la villa, n'était en état de conduire, Volomari Volotinen dut emprunter la voiture du propriétaire pour emmener Rytökorpi à l'hôpital communal d'Orivesi, sans oublier le fauteuil à bascule, que l'on arrima sur le toit du véhicule. Pendant ce temps, les femmes s'employèrent à rassurer le chef de police suppléant de Längelmäki et allèrent coucher dans le mazot de la villa le chef de police en titre d'Oripohja.

Volomari Volotinen félicita Rytökorpi pour sa toute nouvelle assurance-accidents. Maintenant qu'il avait la cuisse transpercée par une balle, tous ses frais médicaux lui seraient remboursés, et il toucherait en plus pendant des semaines des indemnités journalières, ainsi que des dommages-intérêts conséquents.

Il faisait nuit quand ils arrivèrent à l'hôpital communal, où la blessure de Rytökorpi fut nettoyée et pansée, et lui-même installé dans un lit, tandis que Volomari se rendait à la gare d'Orivesi pour mettre le fauteuil à bascule à la consigne, puis retournait à la villa pour rendre la voiture à son propriétaire. Le chef de police d'Orivesi s'était endormi.

Quand Volomari Volotinen téléphona à Heikki Rytökorpi, une semaine plus tard, il apprit que l'affaire du coup de feu avait été réglée à l'amiable entre chefs de police, collégialement, sans amendes et en toute discrétion, par le pouvoir de l'argent, et que le patient attendait maintenant les indemnités de la compagnie d'assurances.

« C'est pour ça que je t'appelais, tu pourras toucher un premier mandat dès la semaine prochaine à la poste de Längelmäki. »

La bouteille de lait de la serve

Par un après-midi brumeux de la fin de l'automne 1968, l'inspecteur de sinistres Volomari Volotinen descendit d'un autorail à la gare de Lieksa, affamé et chargé d'une importante mission à la scierie Rusko. Celle-ci devait être évaluée à des fins d'assurance.

Volomari s'installa à l'hôtel et fit un copieux repas au restaurant : un steak haché grillé à l'huile, couronné d'un œuf sur le plat et entouré de frites bien grasses. Puis il alla flâner dans les ruelles humides de la petite ville. Cette dernière était envahie ce jour-là par un nombre inhabituel de corneilles, il y en avait plusieurs bandes qui faisaient un vacarme épouvantable, croassant comme de beaux diables, au grand dam de la population. Peut-être était-ce le temps automnal qui les excitait : elles montaient dans la brume puis plongeaient en piqué vers le sol tel des kamikazes en poussant des cris sauvages lorsqu'elles réussissaient à la dernière seconde à redresser leur trajectoire. Se préparaient-elles à migrer, ou avaient-elles une autre raison de s'être rassemblées précisément ce jour-là à Lieksa ? Volomari se demanda soudain pourquoi personne n'avait encore écrit d'ouvrage sur l'histoire des corneilles, et plus précisément sur la civilisation des corneilles mantelées finlandaises : quand en avait-on vu voler pour la première fois dans le ciel du pays, que faisaient-elles là, d'où étaient-elles venues et depuis quand fréquentaient-elles les hommes ? Que pensaient-elles des Finlandais ? Les corneilles de Lieksa se souvenaient-elles des années de guerre ? Volomari estima que si une génération vivait dix ou quinze ans, les grands-pères et les grand-mères des oiseaux qui jouaient dans la brume avaient connu cette époque. La ville se trouvait tout près de la frontière russe et des champs de bataille de la dernière guerre. Deux générations de corneilles plus tôt, il y avait sûrement eu de l'action dans la région, et en tout cas des charognes à n'en plus savoir que faire.

Volomari alla visiter le Musée d'arts et traditions populaires de Lieksa. Il voulait voir sa collection de quenouilles, qui était paraît-il la plus riche de Carélie du Nord. S'il avait le temps, il pourrait par la même occasion jeter un coup d'œil aux anciens outils de bûcherons, racles, haches de levée, cognées, godendards et autres.

Le guichet du musée était tenu par une charmante jeune femme. Elle portait un pull-over gris qui moulait agréablement la courbe de ses seins. Avec son joli visage rond et ses épais cheveux bruns, elle aurait été le plus bel ornement du musée si elle n'avait pas eu l'air aussi triste. Volomari prit un billet et lui demanda ce qui la chagrinait. Elle éclata en sanglots et expliqua que, la nuit précédente, les armées du pacte de Varsovie avaient envahi la Tchécoslovaquie.

« Les Russes sont des barbares ! Entrer dans Prague avec des chars et occuper tout le pays ! »

Volomari n'avait aucun avis sur la question, car il n'était au courant de rien. La Tchécoslovaquie ne vivait-elle pas une toute nouvelle ère de libéralisation politique ?

Constatant que le visiteur du musée ne savait rien des derniers événements mondiaux, la guichetière sécha ses larmes. Elle lui apprit en quelques mots que les troupes du pacte de Varsovie avaient attaqué la Tchécoslovaquie et se trouvaient maintenant à Prague. La radio ne cessait de diffuser des bulletins d'information spéciaux et rapportait que la ville était à feu et à sang, qu'on tuait d'innocents civils dans les rues, que les droits de l'homme étaient honteusement bafoués et que l'Europe était au bord de la guerre.

« Pardon, j'ai passé la journée dans le train et je n'ai pas écouté les nouvelles, je suis venu ici pour évaluer la scierie Rusko. »

Pendant cette brève conversation, la guichetière, qui faisait aussi office de guide, avait conduit Volomari jusqu'à la section des ustensiles domestiques, qui se trouvait dans un recoin mal éclairé. Parmi les objets exposés figuraient quelques barattes, des meules à bras plutôt bien conservées et, comme annoncé, une assez belle collection de quenouilles. Volomari demanda à la jeune femme des détails sur l'invasion. Des peuples frères, unis au sein d'un même pacte militaire, s'étaient emparés par surprise de tout le territoire tchécoslovaque, comme si c'était un pays ennemi, en usant de la force brutale et au mépris de tous les traités.

Volomari s'interrogea sur les conséquences de l'événement pour le secteur de l'assurance : l'excuse de force majeure fonctionnerait à plein, au moins en Europe centrale et qui sait peut-être même en Finlande. Ce n'était pas le moment de prendre de gros risques, les compagnies d'assurances se montraient toujours très prudentes à la veille de conflits armés. Volomari songea que si la guerre éclatait, Laura n'aurait en tout cas pas à se porter volontaire comme auxiliaire de première ligne, elle était heureusement trop vieille.

Il serra contre lui la pasionaria antirusse bouillonnante d'indignation, et constata à sa grande stupéfaction que sa virilité se durcissait au contact de ses cuisses. Ils culbutèrent sur le sol, renversant au passage une baratte. Volomari oublia totalement l'auxiliaire de première ligne qui l'attendait à la maison, ses genoux heurtèrent violemment le plancher, il s'écorcha les coudes. Au moment de l'extase, la possibilité de se retrouver sur le front lui effleura l'esprit — après tout, il était officier de réserve. Les Russes étaient vraiment des ordures.

Maintenant à tu et à toi, Volomari et la guide reprirent leur souffle, rajustèrent leurs vêtements et essuyèrent leurs larmes. Après avoir admiré tout son soûl les quenouilles, l'inspecteur de sinistres regagna sa chambre d'hôtel pour y peaufiner sa stratégie en vue du lendemain. C'était un défi et une lourde responsabilité, surtout à l'aube d'une possible grande guerre. Conclure un contrat d'assurance pour une scierie est un art en soi, qui exige des ruses de Sioux aussi bien de la part du placier que du propriétaire de l'établissement.

Volomari téléphona à sa femme pour lui dire qu'en dehors de quelques grincements de chenilles de chars soviétiques à la frontière, tout allait bien. Laura se déclara tout à fait sereine et toujours prête à affronter les plus terribles coups du sort. Pauvres Praguois ! Il faudrait leur envoyer des moufles et des pull-overs, l'hiver serait bientôt là.

« Est-ce que je peux leur faire don de notre tente-igloo ? On en achètera une nouvelle l'été prochain.

— Ajoutes-y les trois couvertures de laine à rayures vertes, les molletonnées nous suffisent », lui recommanda son mari.

Mais au travail ! Volomari Volotinen rédigea un mémo récapitulant les principes de bases de l'assurance des scieries. Il avait apporté de la documentation sur Rusko : historique, renseignements sur les propriétaires en titre, bilan et arrêtés de comptes, plan des installations. L'établissement employait cent quarante hommes, son chiffre de vente net était satisfaisant et il disposait d'excellentes zones de coupe à proximité de son site de production. Tout cela semblait positif, mais Volomari ne s'en laissait pas conter si facilement. Il téléphona au secrétaire de mairie de Lieksa afin de lui demander comment se portait la scierie. Il s'avéra qu'elle avait un paquet d'arriérés d'impôts. Un second coup de fil, à un dirigeant syndical, lui fournit d'autres précisions : on avait l'habitude, chez Rusko, de licencier les gens quasiment sans préavis, et la cause du prolétariat, de manière générale, s'y portait plutôt mal.

Dans la soirée, Volomari Volotinen paya quelques verres bien remplis, aux frais de la compagnie d'assurances

Joukahainen, au chef des pompiers volontaires de Lieksa, Hannu Väätäinen, dont la vie traversait une passe animée, dans la mesure où, la semaine précédente, il s'était fiancé et avait acheté une Lada neuve. C'est dans celle-ci que les deux hommes, le lendemain matin, prirent la route longeant le Lieksajoki pour se rendre à la scierie. L'assureur économisa ainsi le prix d'un taxi. Les propriétaires, Paavo et Eemeli Rusko, respectivement directeur et directeur général de l'établissement, le leur firent visiter. Le chef des pompiers inventoria, en qualité d'expert, les zones les plus exposées au danger d'incendie. L'aire de stockage de la sciure était mal placée, en plein vent, et les distances de sécurité autour du parc à bois n'étaient pas respectées, sans compter les bouches d'eau obstruées. Ce n'était pas brillant.

Les machines étaient neuves, car le dernier incendie de la scierie remontait à six ans à peine. Les assurances avaient couvert le sinistre.

Les frères Rusko emmenèrent Volomari à la pêche sur la rivière, mais aucune truite ne mordit à l'hameçon. Ils se vengèrent en tirant trois tétras lyres que l'épouse d'Eemeli pluma et cuisina. Un régal. Le lendemain matin, malgré un léger mal de crâne général, le directeur général tint à emmener l'assureur à l'office du dimanche, démontrant ainsi que l'on pouvait à la fois travailler dans l'industrie du bois et être un homme pieux.

Volomari constata que l'église de Lieksa était mal protégée contre les incendies. Le pasteur parla avec éloquence de la malédiction des frontières. Une belle paroissienne qui portait entre ses seins une bouteille de vodka à moitié vide pendue à une chaîne en argent vint s'asseoir au premier rang du côté des femmes. Elle était vêtue d'un costume folklorique de Carélie orientale et semblait folle. C'était le genre de cliente qu'il valait mieux ne pas accepter d'assurer sur la vie, songea Volomari. On voyait au premier coup d'œil que c'était trop risqué.

À la fin de l'office, dans le vestibule de l'église, la folle à la bouteille glissa d'un ton furieux à l'oreille d'Eemeli Rusko :

« Sale boyard. »

L'industriel raconta à Volomari Volotinen l'histoire de cette femme au comportement si étrange : Iita était une folle patentée, qui s'était mis en tête d'incarner ses lointaines aïeules ingriennes réduites au servage, cent ans plus tôt, sous le joug russe. Elle avait travaillé pendant un certain temps dans les bureaux de la scierie Rusko, mais sa haine du bourgeois était source d'incidents incessants et on avait dû la licencier.

Le lundi matin, de retour de Rusko à Lieksa, Volomari Volotinen prit contact avec la guide du musée, qui savait tout de la vie d'Iita. Celle-ci avait fait don à l'établissement de plusieurs bouteilles en argile, dans l'espoir qu'elles soient exposées en souvenir des années de souffrance des serves ingriennes. Mais le conservateur avait refusé de mettre en vitrine ces objets offerts par une folle.

L'histoire était la suivante : une ancêtre d'Iita, une jeune fille d'à peine dix-huit ans, avait donné naissance à un enfant de père inconnu, mais elle était si maigre et anémiée qu'elle n'avait pas assez de lait pour le nourrir. Ses seins s'étaient aussi taris parce qu'elle devait aller tous les jours traire les cents vaches du troupeau d'un riche domaine, à dix verstes de chez elle. Tel était le sort de toutes les femmes des villages asservis : elles étaient obligées d'enfermer leurs ribambelles d'enfants à la maison pour la journée entière, car leurs maris trimaient comme des esclaves dans les champs et les forêts des boyards. La malheureuse fille-mère pleurait en travaillant à l'étable : son bébé, dans sa sombre masure, geignait de faim et s'étiolait, car elle ne pouvait l'allaiter. Dans sa terrible détresse, elle avait en secret tiré du lait de vache dans une bouteille d'argile afin de l'apporter à son enfant. Elle l'avait cachée sous le tas de fumier et priait pour que Dieu, dans sa miséricorde, ne voie pas ce vol d'un mauvais œil, car il s'agissait de la vie d'un innocent qui n'avait pas encore été baptisé. Une âme malveillante avait assisté à la scène et l'avait dénoncée à l'intendant russe du domaine, et la cruelle sentence était tombée : quinze coups de fouet et l'obligation de porter la bouteille volée autour du cou pour le restant de ses jours, sous peine de mort. La chétive fille-mère avait été battue dans l'écurie malodorante jusqu'à en perdre connaissance, au dixième coup. Son bébé était mort de faim et avait été enterré sous le tas de fumier du domaine, et elle-même avait dû porter toute sa vie la bouteille dans laquelle elle avait caché du lait pour lui. Elle se l'accrochait au cou le matin et ne la quittait que le soir à son retour de chez l'impitoyable boyard.

La guide du musée montra à Volomari les bouteilles

d'Iita. Elles étaient hautes, à goulot étroit, d'une contenance d'à peine un tiers de litre, et avaient l'air anciennes.

« Tu peux prendre la plus vieille en souvenir, elle est peut-être authentique, mais ne la casse pas, prends-en soin. »

En cadeau d'adieu, la guide lui offrit aussi un livre de Matti Haavio publié en 1943 qui racontait toute la triste histoire.

De retour à Helsinki, Volomari Volotinen rédigea un rapport sur sa visite, dans lequel il recommandait que la compagnie Joukahainen s'abstienne d'assurer la scierie Rusko. Sa décision se fondait sur de nombreux motifs convaincants et s'avéra par la suite judicieuse. La scierie brûla en effet dès l'été suivant, les propriétaires, soupçonnés d'incendie volontaire, furent arrêtés, les employés restèrent longtemps privés de travail et de revenus et, pour finir, Eemeli Rusko se pendit dans sa cellule du commissariat de Joensuu.

La planche funéraire lapone

À la fin des années soixante, les vastes forêts de Sompio furent englouties sous les eaux du lac réservoir de Lokka et la première marche d'essai des turbines de son barrage fut lancée. Peu avant la Saint-Jean, un incendie se déclara, endommageant le tableau électrique du niveau bas de la salle des machines et ses câbles de raccordement. L'accident ne fit heureusement ni morts ni blessés, mais les dégâts matériels étaient importants.

L'inspecteur de sinistres Volomari Volotinen fut envoyé à Sodankylä évaluer les dommages. Il prit l'avion pour Ivalo, puis se fit conduire en taxi au barrage de Lokka.

Il examina la situation et rédigea un rapport. Il voulait ensuite faire le tour de quelques villages voisins, en quête de vieilles statues de dieux-poissons dont il avait entendu parler dans les livres de Samuli Paulaharju et de K. M. Wallenius. Il n'avait encore aucun fétiche lapon dans sa collection ethnologique.

Une fois son travail terminé, il se rendit au hameau de Kersilö, dans le village lapon de Sompio, chez le vieux trappeur et éleveur de rennes Valtteri Kersilö. Ce dernier avait déjà plus de quatre-vingts ans, mais jouissait toujours d'une santé de fer. Volomari lui demanda si l'on trouvait encore dans la région d'anciens dieux-poissons. Il s'y intéressait en tant que collectionneur.

« Mon pauvre gars, y ont tous été bouffés par les vers et les derniers ont été noyés sous l'eau », se plaignit Valtteri.

Mais Volomari Volotinen était têtu et il fit tout pour convaincre le vieux trappeur de l'accompagner dans la forêt à la recherche de fétiches. Il promit de lui verser un dédommagement journalier raisonnable pour sa peine et pour l'utilisation de sa barque.

« Ma foi, pourquoi pas. »

Avant de partir sur la rivière, Valtteri Kersilö rassembla des vivres pour quelques jours, du matériel de pêche, une toile de tente, une tronçonneuse, un fusil et quelques autres objets indispensables. Il emmena aussi son chien, un spitz finlandais.

« C'est pas qu'y sache flairer les fétiches, mais y sera mieux dans la nature que dans les jupes des femmes à la maison. »

Rien de plus agréable que de naviguer à la perche sur les petits cours d'eau forestiers à la recherche d'hypothétiques dieux-poissons en compagnie d'un vieux trappeur expérimenté. Mais ils ne trouvèrent pas de fétiches, les besoins énergétiques du pays avaient noyé sous eux les esprits protecteurs des pêcheurs et bien d'autres choses. Valtteri Kersilö maugréa qu'on lui avait aussi pris sans rien lui demander son aire de campement, au plus bel endroit de Sompio.

Volomari ne put s'empêcher de lui faire remarquer que la compagnie d'électricité avait quand même dû verser de confortables indemnités pour les terres et les bâtiments perdus.

« C'est pas avec de l'argent qu'on peut acheter toute une vie. »

Volomari fit malgré tout valoir que personne n'avait été noyé dans le lac de barrage.

« Tu comprends pas, mon pauvre gars. »

Pour que l'expédition ne soit pas totalement vaine, Volomari Volotinen demanda si l'on ne pouvait pas au moins trouver dans la taïga d'anciennes souches taillées pour piéger les renards. Ça ne valait pas tout à fait un dieu-poisson, mais cette cruelle méthode de chasse excitait malgré tout son instinct de collectionneur.

En dépit de deux jours de vadrouille, ils ne trouvèrent pas non plus de pièges à renard. À la fin, Valtteri Kersilö, excédé par cette quête sans résultat, attrapa sa scie mécanique, la démarra et coupa à hauteur de poitrine un arbre mort sur pied. Il décapa la pointe de la souche avec une brosse à eau et y tailla à la tronçonneuse un cruel visage grimaçant de chamane.

« Tiens, en voilà un, de fétiche, nom de Dieu ! »

Volomari Volotinen dut admettre que le vieux trappeur avait sculpté en un tournemain un dieu-poisson tout à fait convaincant.

« Je le coupe et on l'embarque ?

— On va plutôt le laisser là, sa place est dans la forêt. »

De retour à Kersilö, Volomari s'assit avec Valtteri sur

le perron d'un vieux mazot pour goûter au whisky de son attaché-case. Son attention fut attirée par un panneau de bois fait de plusieurs planches de pin rabotées et soigneusement assemblées par bouvetage, d'un peu plus de cinquante centimètres de large et de la hauteur d'un homme, accroché au mur à l'arrière du mazot.

« C'est quoi, une vieille porte, une planche à pétrir ?

— C'est une planche funéraire. Faites de ses mains par mon père au siècle dernier. Je te la vends, on en a plus besoin maintenant qu'on met directement les morts dans des cercueils sortis de l'usine. »

Avant, quand la Faucheuse frappait à la porte, on installait d'abord le défunt sur une planche funéraire qu'on déposait dans un mazot le temps que les hommes fabriquent un cercueil. Une fois ce dernier prêt, on lavait le corps sur la planche, on l'habillait, puis on le mettait en bière.

Volomari Volotinen tira aussitôt son portefeuille de sa poche et acheta la planche. Le prix était raisonnable, cinq cents marks. Un plateau de secrétaire de la même taille lui aurait coûté plus cher.

Valtteri Kersilö se souvenait de tous ceux qui avaient dormi de leur dernier sommeil sur cette planche avant d'être inhumés.

« Toute la famille y est passée tour à tour, à commencer par mon grand-père, c'est pour lui que mon père l'a faite. Ensuite ma grand-mère et tous les autres vieux et bien sûr les enfants morts en bas âge. »

On décrocha la planche du mur. Valtteri se mit à évoquer plus en détail son histoire.

« Hetvik, la cousine de ma mère, est morte de vieillesse. La grand-mère est partie à l'hiver 1902 d'une crise d'asthme, y avait fait un froid de loup. »

Plusieurs de ses frères et sœurs aînés avaient commencé sur ce panneau de bois leur voyage vers l'au-delà, pour la dernière fois six ans plus tôt.

« Y en a beaucoup qui ont été rongés par la tuberculose... maudite planche. »

En plus de la famille de Valtteri, des étrangers de passage y avaient aussi reposé, de malheureux vagabonds, des coureurs des bois de Sompio arrivés au bout de leur chemin terrestre. Dans les années 1920, la planche avait accueilli un certain nombre de crapules ayant déserté la légion de Mourmansk, sans oublier un bûcheron qui y avait aussi attendu qu'on le lave.

« Tu vois cette traînée noire, là ? C'est du sang humain, laissé par un pauvre Russe qu'on avait cru mort mais qui a failli ressusciter en pleine nuit. On a finalement réussi à le garder allongé pour de bon. Les loups y avaient déchiqueté la poitrine, quelque part dans les collines, et des bûcherons l'avaient transporté jusqu'ici, ou plus exactement jusqu'à notre ancienne maison, celle qui est maintenant sous l'eau. Encore une triste histoire. »

Valtteri se rappela aussi avec un certain enthousiasme que la planche avait même reçu un monsieur de la ville, à l'été 1936, ou peut-être 1937.

« C'était un géologue, un vrai, je me souviens même encore de son nom, Heikki Juutilainen. Y était venu mesurer je sais pas quelles pierres du côté de Laanila et était mort dans la forêt, on nous l'a apporté en barque et y est resté là plus d'une semaine avant qu'on puisse y conduire à Rovaniemi. Y était jeune, et avec un beau titre universitaire et tout, on a vu ça dans son portefeuille. »

Volomari Volotinen rapporta la planche funéraire à Ivalo sur le toit d'un taxi, mais, même si elle n'était pas trop grande pour passer par la porte de l'avion, la compagnie aérienne refusa de la prendre à bord. Il l'empaqueta donc et la chargea sur la galerie d'un autocar.

À Rovaniemi, il monta avec sa planche funéraire dans un compartiment du train de nuit de Helsinki et la fourra sous la couchette du bas. Pas question de laisser un objet aussi rare voyager dans un wagon de marchandises, il tenait à en prendre soin lui-même. Mais une fois couché, il eut du mal à trouver le sommeil. Il ne pouvait détacher ses pensées de la planche funéraire, sous son lit. Il avait l'impression d'être allongé dessus, dans la paix du repos éternel, sans ressentir aucune fatigue, et son esprit errait dans le passé des immenses forêts de Sompio noyées sous les eaux.

La chapka de Lénine

Le grand-père de Laura, Matteus Lamuvaara, mourut en août 1969. Il était né à la fin du XIXe siècle et avait donc atteint un âge avancé. Il avait eu le temps de profiter quelques années de sa retraite de garde-voie avant de s'éteindre dans la solitude à l'hôpital de Haapamäki. La maison où il avait passé ses vieux jours était restée vide pendant des mois après qu'il avait été admis à l'hôpital à cause de l'aggravation de ses rhumatismes. C'était une maladie professionnelle courante chez les cheminots : dans les cours de triage exposées au vent, sur les rails infinis se perdant à l'horizon et dans les wagons traversés de courants d'air, les chauffeurs de locomotive, les chefs de gare, les serre-freins et les garde-voies étaient à la merci du mauvais temps. Un maigre salaire et des intempéries, tels étaient les fidèles compagnons des employés des chemins de fer.

Le défunt avait travaillé pendant des dizaines d'années comme garde-voie à la station de Raiskionsuo, à Haapamäki, régnant en maître sur la petite maison de garde construite par la compagnie ferroviaire. Mais cette époque était révolue, on utilisait désormais des trains de nuit pour inspecter les voies, qui étaient aussi entretenues et réparées mécaniquement.

L'on se rendit bien sûr à l'enterrement en train. L'été avait été chaud et sec et, surtout en Ostrobotnie, il y avait eu de nombreux incendies de forêt. Le beau-père de Volomari lui-même avait fait partie des équipes mobilisées pour éteindre celui de Rantsila. L'armée avait travaillé sans désemparer pendant plus d'une semaine à étouffer les flammes dans les pinèdes et en bordure des tourbières, et beaucoup de soldats avaient discrètement filé pour rentrer chez eux. Le père de Laura, qui n'était pourtant plus tout jeune, avait tenu jusqu'au bout. Volomari en était sûr, après un été aussi dévastateur, les primes d'assurance-incendie des forêts augmenteraient.

La chorale des cheminots de Haapamäki vint chanter à l'enterrement de Matteus Lamuvaara. Le repas funèbre avait lieu à la Maison des pompiers, où le directeur territorial adjoint du réseau ferré, qui avait été un compagnon de pêche du défunt, prononça un discours. Il rappela que Matteus Lamuvaara était entré aux chemins de fer à une époque troublée, au début du siècle, alors que la Première Guerre mondiale venait d'éclater, et avait commencé comme apprenti chauffeur à la gare de Finlande de Saint-Pétersbourg ; après la révolution, il avait été muté à Jyväskylä comme employé de gare, puis, avant la Seconde Guerre mondiale, à Haapamäki, où il avait exercé jusqu'à sa retraite les fonctions de garde-voie. Sa carrière, souligna l'orateur, s'inscrivait dans l'histoire des débuts de la Société finlandaise des chemins de fer, de ses difficultés et des différentes étapes de son développement, et Matteus avait même eu le temps, à un âge déjà avancé, de voir poindre une ère nouvelle avec l'arrivée du matériel diesel, des autorails et de bien d'autres choses. Une fois les derniers convives partis, dans la soirée, la famille se rendit chez le défunt pour faire l'inventaire de la succession.

Veuf solitaire, il avait eu pour dernier logis une petite maison à la lisière du bourg de Haapamäki, guère plus confortable que celle d'un garde-voie, émouvante par sa pauvreté et sa banalité étriquée. Laura ouvrit les fenêtres pour aérer et Volomari alluma du feu dans le poêle. On put commencer à dresser la liste des biens de Matteus Lamuvaara.

Volomari constata qu'il avait une assurance-décès depuis 1922. Il en avait scrupuleusement payé les primes tout au long de ces tumultueuses décennies, jusqu'à ce que la police soit libérée. Mais le contrat ne prévoyait hélas pas d'indexation. Maintenant que Matteus était mort et que ses héritiers allaient toucher l'assurance, son montant se réduisait à presque rien. Il y avait tout juste de quoi payer le buffet du repas funèbre. Pendant toute sa vie adulte, Matteus avait alimenté les caisses de la compagnie d'assurances sans en tirer aucun bénéfice.

Le reste de l'héritage n'était pas non plus énorme. On inscrivit à la première ligne de l'inventaire la maisonnette en bois rouge, construite sur un terrain à bail emphytéotique et dont le crédit n'avait encore été remboursé qu'à moitié à la banque. Dans le jardin, il y avait une remise faite de planches, avec pour toutes fondations quatre grosses pierres angulaires. Elle contenait :

1 vieille charrette hippomobile et 1 harnais
1 motocycle de type vélomoteur
1 hache-paille
8 sacs en toile de chanvre
1 sac à dos tyrolien
2 haches, 1 scie à archet, 2 rabots, dont un long et un court, 1 ciseau à bois, 2 limes, dont une plate et une ronde, 1 niveau à eau et 4 serre-joints

Dans l'inventaire du mobilier de la maison, le représentant des héritiers nota d'une main ferme :

Une table, quatre chaises à barreaux, un banc et un buffet

Dans la chambre, un lit muni d'un sommier métallique à ressorts, une commode et un fauteuil à bascule

Dans la cuisine, une caisse en bois de fabrication artisanale recouverte d'une planche à pétrir en contreplaqué

Ustensiles de cuisine : 1 marmite, 2 casseroles en aluminium, 1 bouilloire à café, 1 pot à lait en tôle émaillée, 5 tasses à café dépareillées, 1 assiette, quelques cuillers, couteaux et fourchettes, 1 couteau de chasse, 4 cuillers d'argent remportées lors de divers concours de pêche et 1 coupe en maillechort portant l'inscription « 1er Prix du tournoi de pêche 1939 du district ferroviaire de Haapamäki »

Linge de maison : 4 draps, 1 couverture molletonnée, 3 taies d'oreiller, 3 serviettes de toilette, dont une grande, 2 mouchoirs blancs

1 paire de vieilles bottes à semelle de caoutchouc et 1 paire de bottes de feutre

2 paires de chaussures à lacets

1 costume croisé à rayures foncées

1 bleu de travail

4 caleçons et maillots de corps assortis, dont 1 ensemble en synthétique et 3 en flanelle

2 chapkas et un bonnet d'aviateur

3 tapis en lirette, dont 1 long et 2 courts

Sur le perron :

1 bêche, 1 balayette et 1 pelle à poussière

Pour finir, on monta dans le grenier exigu, où l'on ajouta à la liste :

1 appareil photo Kodak à objectif fixe et 1 paire de jumelles dans leur étui

1 album de photos et 2 liasses de lettres

1 carton plein de vieux chiffons

2 paires de gants de protection usagés

1 paire de ciseaux de tonte

3 balances à écrevisses

1 chapka

Le bilan de la vie d'un homme se trouvait résumé dans cet acte officiel. Les pauvres ne laissent pas grand-chose à leurs héritiers, juste des souvenirs dans leur cœur, quelques paroles, quelques faits, l'ébauche d'un sourire, rien de plus. Mais il y avait malgré tout un objet de valeur dans la succession de Matteus Lamuvaara, la chapka trouvée au grenier et inscrite à la dernière ligne de l'inventaire. Elle avait en effet appartenu à Lénine en personne, quand il s'était réfugié en Finlande en juillet 1917. Matteus Lamuvaara était serre-frein dans le train qu'il avait alors pris et le connaissait donc personnellement. Son fils Juuso, le père de Laura, l'avait entendu raconter d'innombrables histoires sur le révolutionnaire et sur sa fuite en Finlande, déguisé en chauffeur de locomotive.

Au début du voyage, Lénine avait joué son rôle avec enthousiasme. Il avait alimenté à tour de bras la chaudière de la machine à vapeur de la locomotive, jusqu'à la frontière finlandaise. Mais une fois en sécurité de l'autre côté, constatant que sa fuite avait réussi, il avait soudain manifesté nettement moins d'ardeur et d'énergie, au point que l'on avait envoyé le serre-frein Matteus Lamuvaara lui prêter main-forte. Il avait ainsi pelleté du coke à tour de rôle avec le futur dirigeant de grande puissance, tout en bavardant de choses et d'autres. Matteus avait trouvé l'homme plutôt sympathique, il avait l'esprit vif et ne mâchait pas ses mots. Il avait même raconté quelques blagues, mais elles n'avaient pas fait rire les Finlandais, qui les trouvaient grossières et, même pour les meilleures, franchement trop scabreuses.

Pendant tout le trajet, il avait fallu faire attention à ne pas révéler la véritable identité de Lénine. Ç'avait été d'autant plus difficile qu'il souffrait d'une sévère diarrhée et devait se soulager toutes les cinq minutes. Il n'était bien sûr pas question d'utiliser les toilettes des compartiments de passagers, et Matteus Lamuvaara avait procuré au chef révolutionnaire un seau sur lequel s'accroupir quand le besoin s'en faisait sentir. Ils avaient eu quelques divergences de vues sur la question de savoir lequel des deux viderait et rincerait le récipient. Ils étaient finalement arrivés à un compromis : Lénine le nettoierait, à condition que Matteus le débarrasse d'abord de son contenu.

Cette diarrhée avait eu pour Matteus l'avantage notable de lui permettre de manger les provisions de Lénine, qui n'étaient pas mauvaises du tout : du flet fumé, de l'esturgeon au court-bouillon, du saucisson russe, des cornichons à l'aigre-doux, de la choucroute et du pain noir de Saint-Pétersbourg.

Lénine s'était coiffé de la chapka en question afin d'avoir l'air d'un authentique péquenot finlandais, d'une petite nature ayant froid aux oreilles même en plein mois de juillet, auquel les fonctionnaires contrôlant les trains ne prêteraient pas la moindre attention. Sans compter qu'une locomotive en mouvement était à l'époque un vrai nid à courants d'air où soufflait un vent à vous glacer les os, et mieux valait donc porter des vêtements chauds été comme hiver.

Quand Lénine avait ensuite oublié sa chapka dans le train, Matteus Lamuvaara l'avait récupérée, et voilà comment elle se trouvait maintenant inscrite à l'inventaire officiel de sa succession. À la demande de Volomari, elle fut attribuée à Laura en souvenir de son grand-père. Le collectionneur put ainsi ajouter à ses pièces de musée une véritable perle rare.

Matteus Lamuvaara s'était aussi par hasard trouvé là quand Lénine avait reçu en pleine figure une gerbe d'étincelles de la chaudière à vapeur qui lui avait non seulement brûlé la barbe, mais aussi fait une grosse cloque sur la lèvre supérieure. Elle s'était infectée au cours de sa fuite, peut-être à cause du manque d'hygiène dû à sa diarrhée, et le futur dirigeant de grande puissance avait gardé de son séjour en Finlande une cicatrice sous le nez.

Dans les années 1960, Matteus s'était rendu en touriste à Moscou, histoire de goûter à la vodka locale et de vérifier dans le mausolée du grand homme si ce dernier avait à la lèvre la cicatrice en question. Mais rien du tout. Il n'y en avait pas trace, et le garde-voie en avait conclu que c'était un faux Lénine qui reposait dans le cercueil, tandis que le vrai avait été assassiné, ou était conservé ailleurs. D'après lui, il aurait à coup sûr reconnu la cicatrice, tellement elle faisait peur à voir.

Le chien à liqueur transylvanien

Le sixième dîner annuel des employés d'assurance eut lieu au printemps 1970 à Espoo, au Centre de formation des caisses d'épargne. La tradition voulait que les conjoints soient aussi invités à ces rencontres amicales, mais Laura n'avait pas, cette fois, pu se joindre à Volomari, car elle se trouvait en arrêt de maladie en raison de problèmes cardiaques. Elle avait subi quatre ans plus tôt une opération de la vésicule biliaire qui avait été un succès, mais c'était maintenant son cœur qui lui causait des soucis.

Volomari avait donc été contraint de venir seul tandis que la plupart de ses collègues étaient accompagnés. Dans la soirée, alors que la fête battait son plein, après l'exposé de rigueur sur le secteur de l'assurance, il eut droit à toutes sortes d'allusions et même à de francs sarcasmes sur l'absence et le grand âge de son épouse. Il en fut blessé.

Plus l'heure avançait et plus les moqueries se faisaient cinglantes : qu'est-ce qui n'allait donc pas, chez lui, pour qu'il ait épousé une vieille femme, et une boulangère sans éducation, par-dessus le marché. Les railleurs ne comprenaient pas qu'un jeune juriste plein d'avenir s'égare de la sorte. Avait-il l'âme d'un gigolo, voire d'un petit garçon n'ayant pas liquidé son œdipe ?

Volomari Volotinen n'avait plus envie de faire la fête, il but plus que de raison et finit par sauter sur le râble des ricaneurs les plus acharnés. Il n'obtint qu'une chose, se faire jeter manu militari dans un taxi.

De retour chez lui, il empêcha son épouse cardiaque de dormir et alla jusqu'à lâcher qu'il avait peut-être malgré tout épousé une femme trop vieille pour lui. Laura se fâcha à son tour et lui montra la porte : il n'avait qu'à se trouver de la compagnie de son âge, si c'était ce qui lui manquait. Elle ajouta que ses jeunes conquêtes, s'il y en avait, seraient au même âge qu'elle de vieilles peaux, et ce serait bien fait pour lui.

« Va donc voir à quoi ressemblent leurs mères et reviens après. Si je veux encore de toi. »

Le lendemain matin, Volomari s'excusa de sa conduite, prépara le petit déjeuner de Laura et alla lui chercher à la pharmacie ses médicaments pour le cœur. Ils ne s'étendirent pas sur leur querelle nocturne. Plutôt que de se rendre à son travail, Volomari partit se promener en ville. Là, il lui vint l'idée de rendre effectivement visite aux mères de quelques-unes de ses petites amies. Il n'y en avait pas beaucoup, mais quand même deux ou trois. Il alla prendre le café chez la mère de Riitta Ronkainen, qu'il connaissait depuis près de dix ans, afin de lui proposer une assurance. Elle l'accueillit avec bienveillance, lui demanda de ses nouvelles et lui raconta que sa fille s'était mariée quelques années plus tôt. Elle avait même un premier enfant. Volomari l'observa : une femme charmante, en soi, mais mon Dieu ! quelles jambes épaisses et variqueuses ! Et, triste à dire, son cou était plissé comme celui d'un dindon, ses cheveux déjà gris et clairsemés… elle n'était pourtant pas beaucoup plus âgée que Laura. Et Riitta lui ressemblerait bientôt.

Volomari alla jeter un coup d'œil à trois autres mères. Elles ne voulaient pas d'assurances, mais l'autorisèrent sans méfiance à passer chez elles. Quand il les examina en songeant qu'il aurait pu devoir vivre avec des femmes telles qu'elles plutôt qu'avec Laura, il fut horrifié. La première était grosse comme une barrique, la deuxième débitait un flot ininterrompu de sottises, les mains de la troisième tremblaient à en faire cliqueter sa tasse à café. Elles étaient toutes adorables, en un sens, mais cette tournée d'inspection prouvait qu'une fille pouvait être jolie et agréable à regarder quand elle était jeune, mais qu'avec vingt ans de plus sa vraie nature se révélait. Penaud, Volomari retourna auprès de Laura.

Il se refusait en revanche à remettre les pieds dans les bureaux de la compagnie d'assurances Joukahainen. Il démissionna de son poste d'inspecteur de sinistres.

Avant de quitter définitivement les lieux, Volomari alla flanquer un coup de poing dans la mâchoire du placier en assurances-auto qui, au Centre de formation des caisses d'épargne, s'était le plus méchamment moqué de son mariage et surtout de la grande différence d'âge entre lui et son épouse. L'homme s'en sortit avec deux semaines d'arrêt de maladie. Au passage, Volomari renversa une corbeille à papier pleine sur la tête de son supérieur hiérarchique direct.

Il trouva un nouveau travail à la Direction des chemins de fer, comme assistant juridique chargé des relations internationales. Sa mission l'amenait à voyager, principalement en Europe. La tâche était facile : il devait assister à diverses réunions du secteur ferroviaire, rédiger des comptes rendus et envoyer aux quatre coins du monde toutes sortes de mémoires et de rapports sur le réseau ferré national et plus généralement sur la Société finlandaise des chemins de fer. Il participait aussi à des négociations pour l'achat de matériel ferroviaire.

Le premier voyage à l'étranger de Volomari Volotinen le conduisit en Hongrie, à Budapest, pour une conférence internationale sur le transport ferroviaire visant à harmoniser l'écartement des rails à l'échelle européenne. Comme chacun sait, on avait opté depuis longtemps, à l'ouest du continent, pour des voies plus étroites qu'en Russie : les rails étaient écartés de 1 435 millimètres, contre 1 520 à l'est. En Finlande, où la construction du réseau ferré avait été lancée à l'époque des tsars, l'écartement respectait l'ancienne norme de 1 524 millimètres, contrairement à la Suède voisine, où les voies étaient moins larges. Il en allait de même en Hongrie, où les chemins de fer remontaient à l'Empire austro-hongrois.

L'URSS avait conçu le projet d'étendre l'adoption de l'écartement des rails russe à tous les membres du Conseil d'assistance économique mutuelle, autrement dit aux pays d'Europe de l'Est. L'initiative se défendait par les bénéfices attendus de cette harmonisation : le même matériel roulant pourrait être utilisé dans toute la gigantesque zone économique, sans plus avoir à opérer aux gares-frontières de transbordements d'un train à un autre ou de changements de bogies des wagons. Les Russes n'invoquaient aucun motif militaire, mais tout indiquait que l'idée émanait des maréchaux de l'Armée rouge : au moment de la révolution hongroise de 1956, et plus récemment à l'occasion de l'invasion de la Tchécoslovaquie, le problème s'était posé avec acuité. Les deux pays avaient été matés par des forces essentiellement acheminées par voie terrestre et aérienne, car la différence d'écartement des rails avait ralenti le déplacement par chemin de fer des troupes d'occupation.

Si la Finlande avait été invitée à participer à la conférence de Budapest sur l'écartement des rails, c'était précisément parce que tout en étant sans conteste un pays occidental neutre, son réseau ferré était conforme à la norme est-européenne, et l'on espérait donc que sa délégation vante avec conviction cet heureux état de fait. À la Direction des chemins de fer, on avait donné à Volomari Volotinen des instructions dans ce sens, qu'il s'était engagé, en bon juriste, à respecter scrupuleusement. Une voie large ne présentait d'ailleurs en soi aucun inconvénient, au contraire : plus les rails étaient écartés, plus les trains étaient stables. Il fallait néanmoins, en conséquence, creuser dans le roc des tranchées plus grandes et construire des remblais plus massifs, ce qui revenait cher sur des milliers de kilomètres. Il s'agissait cependant avant tout d'une question de politique militaire et commerciale. L'écartement des rails symbolisait en quelque sorte la différence entre l'Est et l'Ouest.

Volomari convainquit Laura de l'accompagner en Hongrie, pensant qu'elle pourrait lui être utile, car en tant qu'ancienne auxiliaire de première ligne, elle parlait couramment allemand. Elle s'était remise de ses problèmes cardiaques et se sentait capable de supporter sans mal les fatigues du voyage. Elle demanda un congé à la boulangerie industrielle d'Elanto et, avant de partir, révisa son vocabulaire et plus particulièrement la terminologie du transport ferroviaire.

Ils se rendirent à Budapest — bien sûr en train — via Leningrad, Varsovie et Brno. Le voyage ne fut pas très agréable, leurs réservations de couchettes se révélèrent plusieurs fois inopérantes et ils durent dormir assis. Au cours de ce périple, Volomari remercia encore une fois le ciel d'avoir épousé une femme plus âgée et plus expérimentée que lui. Sans jamais se plaindre, Laura Loponen prit soin de son mari et le laissa sommeiller sur sa généreuse poitrine.

Peu avant Varsovie, le train s'arrêta en pleine nuit dans une petite gare au quai bondé de soldats, des jeunes gens en uniforme brun, tous complètement ivres. Ils voulaient monter à bord, mais un officier à l'air furieux les en empêcha. Certains coururent longtemps à côté des wagons qui s'éloignaient. Quelques coups de feu claquèrent, puis l'obscurité avala la gare et les soldats.

Dans la région minière de Katowice, Laura et Volomari

virent une troupe de poules noires qui picoraient dans une cour de triage graisseuse. Même le coq était couleur de jais. Laura s'étonna de cette étrange basse-cour, jusqu'à ce que l'une des poules écarte les ailes : le dessous était blanc, c'était la poussière de charbon qui avait noirci la volaille.

À Budapest, les Volotinen oublièrent vite les fatigues du voyage lorsqu'ils se furent installés au fameux hôtel thermal Gellért, situé au pied d'un pont sur le Danube. C'était un établissement bien tenu et riche de traditions, l'un des plus beaux du bloc de l'Est. Dans ses thermes, on pouvait croiser de nombreuses célébrités telles que l'haltérophile hongrois György Regez, qui était, dans sa catégorie, l'homme le plus fort du monde, ou János Kádár en personne, que l'on surnommait ironiquement la Lumière de la Hongrie, tout en espérant, pour beaucoup, qu'elle s'éteigne.

La conférence sur l'écartement des rails ne commençant que deux jours plus tard, Laura et Volomari décidèrent d'en profiter pleinement pour se détendre et consolider leur union. Ils se promenèrent sur les quais et les ponts du Danube, déchiffrèrent les noms des grands hommes dont les statues peuplaient l'île Marguerite, se régalèrent de copieuses spécialités locales sur les collines de la vieille ville, burent des vins d'un rouge profond et goûtèrent du tokay en écoutant des violonistes aux sourcils noirs jouer des airs mélancoliques ou des mélodies tziganes endiablées, parfois remplacées par la *Polka de Säkkijärvi* quand les musiciens apprenaient d'où venaient les visiteurs. De vraies vacances hongroises, romantiques, opulentes et matures.

Grâce à Laura et à sa connaissance de l'allemand, langue que les personnes âgées, surtout, maîtrisaient, ils purent aussi bavarder avec des Budapestois. Quand ceux-ci découvraient que les Volotinen étaient finlandais, et non allemands, ils trinquaient volontiers à l'amitié entre peuples frères et parlaient librement. Un professeur qui avait été renvoyé de l'université après les événements de 1956 avoua qu'il avait perdu espoir pour l'avenir de la Hongrie et des autres pays d'Europe de l'Est.

« Ce pays ne sera libre que quand l'URSS se sera désintégrée, et ça n'arrivera pas de mon vivant. Il faudra encore au moins dix ans, si ce n'est quinze. »

Quand Volomari lui apprit qu'il était venu participer à la conférence internationale sur l'écartement des rails, l'universitaire révoqué émit un grognement — impossible d'oublier la révolution hongroise que Nicolas Ier avait réprimée dans le sang en 1849.

« Si on avait construit des chemins de fer en Hongrie à l'époque, les Russes nous auraient à coup sûr obligés à poser des rails du même écartement qu'eux. C'est un pur hasard si le réseau ferré s'est développé sans qu'ils aient leur mot à dire. »

En apprenant comment l'insurrection avait été matée, au XIXe siècle, Laura s'échauffa quelque peu. La répression avait été d'une brutalité inouïe : cent quarante mille Russes avaient envahi la Hongrie pour aider l'Autrichien François-Joseph à écraser les révolutionnaires. Ceux-ci, succombant sous le nombre, avaient dû capituler sans condition, et un épouvantable bain de sang s'était ensuivi. Les tribunaux militaires avaient prononcé des milliers de condamnations à mort, et quantité de Magyars avaient été pendus séance tenante.

« Ç'a été si terrible que les Russes eux-mêmes en étaient horrifiés. On a crié à la barbarie jusque dans les salons de Saint-Pétersbourg », soupira le professeur.

Tout en enchaînant verre sur verre de tokay, Laura et lui se racontèrent avec une délectation évidente diverses atrocités commises par les Russes. Volomari eut toutes les peines du monde, la nuit tombée, à ramener au Gellért sa belliqueuse épouse. Le professeur, quant à lui, se fit cueillir par la police à la sortie du restaurant. Les Volotinen s'interposèrent pour expliquer qu'il s'agissait d'un ancien universitaire respecté. On leur répliqua froidement que ce n'était pas un argument et que, à partir d'un certain stade d'ivresse, tous les vieux balayeurs de rue de Budapest étaient professeurs, voire carrément recteurs de faculté.

À la conférence, Volomari Volotinen fit docilement un exposé sur l'écartement des rails finlandais, expliquant, entre autres banalités, qu'il avait été déterminé au siècle précédent, sous la domination russe, pour être compatible avec les chemins de fer impériaux, et que la largeur des voies n'avait pas grande importance en Finlande, en tout cas de nos jours.

Dès qu'il eut terminé son intervention sans âme, sa femme Laura se leva pour prendre la parole, sans rien demander à personne, et vida son sac. D'un ton convaincu, l'inoxydable auxiliaire de première ligne assena en allemand que les petites nations avaient toujours intérêt à avoir un écartement des rails différent de celui de leurs grands voisins. Ç'avait été une bonne chose que la Finlande ait des voies moins étroites que la Suède et le reste de l'Europe occidentale. Mais il aurait aussi été particulièrement bienvenu que son réseau ferré n'ait pas été conforme aux normes de l'Est, avec par exemple des voies encore plus larges que les russes. Il y aurait eu moins de stèles de marbre dans les cimetières militaires finlandais si l'écartement des rails avait été différent, proclama Laura, le rouge aux joues.

Les délégués russes réagirent en se raclant la gorge et en se passant la main dans les cheveux. Quelques Hongrois tentés par de discrètes acclamations se firent fusiller du regard. Le président de la conférence déclara les débats clos pour la journée. Dans le couloir, il fit froidement savoir à Volomari Volotinen que la participation des Finlandais à la conférence internationale de Budapest sur l'écartement des rails s'arrêtait là. Il le remercia d'un ton protocolaire pour son intervention et lui souhaita un prompt et agréable retour chez lui. Volomari eut beau plaider que la personne qui l'accompagnait ne faisait pas formellement partie de la délégation de son pays, qu'elle n'était qu'une pâtissière de Helsinki et que seul son propre discours pouvait être considéré comme exprimant un point de vue officiel sur l'écartement des rails des chemins de fer finlandais, rien n'y fit. Le président fit sèchement remarquer que selon toute apparence les pâtissières étaient donc en charge des aspects politico-militaires de la question.

Mais les Hongrois, reconnaissants, prirent discrètement

contact avec les Volotinen et leur firent cadeau d'un chien à liqueur rempli d'un tokay particulièrement aromatique. C'était une carafe décorative zoomorphe d'une contenance d'un litre et quelques, soufflée en 1811 dans une verrerie d'art transylvanienne et par conséquent très précieuse.

« On nous a dit que vous collectionniez les antiquités », indiquèrent les Hongrois avec un sourire, et ils annoncèrent au couple qu'ils lui avaient aussi organisé un séjour de quelques jours à la campagne.

Ces attentions n'étaient que peu de chose au regard de la décision de la conférence de ne pas recommander l'adoption de la norme russe pour l'écartement des rails des chemins de fer hongrois. Ce dont il fallait chaleureusement remercier Mme Laura Volotinen.

Le pressoir hongrois

Les Volotinen passèrent plusieurs jours heureux dans la campagne hongroise. Ils firent de la voile sur le lac Balaton, chevauchèrent dans la puszta, goûtèrent les vins locaux. Dans la petite ville de Püspökladány, Volomari tomba sur un vieux pressoir, oublié dans un buisson d'orties dans l'arrière-cour d'un kolkhoze viticole. C'était une grande cuve en laiton équipée de deux meules en granit d'un mètre vingt de diamètre et de trente centimètres d'épaisseur tournant autour d'un gros axe en acier. Elle avait une capacité de plus de deux cents litres et mesurait deux mètres de haut, pour un poids d'une tonne deux. Elle avait été fabriquée à la fin du XIXe siècle et avait été utilisée pour la dernière fois avant la guerre, en pleine décadence du capitalisme, comme le raconta le responsable du kolkhoze.

Quel merveilleux trésor !

Volomari fit pour le pressoir une offre de dix mille forints qui fut aussitôt acceptée. Avec l'aide de travailleuses du kolkhoze, Laura débarrassa la pièce de musée de sa couche de rouille et de crasse pendant que Volomari faisait venir un engin de levage afin de la charger sur le plateau d'un camion pour la conduire à la gare. Son poste à la Direction des chemins de fer finlandais s'avéra utile : on lui accorda à ce titre une grosse remise sur le fret. Un geste de courtoisie internationale habituel entre professionnels d'un même secteur.

Le lendemain, les Volotinen prirent le train en direction de la frontière entre la Hongrie et l'URSS, en Ukraine. À la douane, ils rencontrèrent tout de suite des problèmes. Un fonctionnaire russe leur expliqua qu'il était interdit, sur le réseau ferré soviétique, de transporter sans surveillance appropriée des objets historiques aussi précieux que cet inestimable pressoir. La lettre de voiture ne faisant mention d'aucun gardiennage, il se voyait obligé de refuser son transbordement dans un wagon russe. Pour pouvoir voyager sur les rails d'un *pays à voie large*, l'objet devait être placé sous la garde d'au moins l'un des affréteurs, autrement dit de Volomari Volotinen ou de sa femme.

Le fonctionnaire insista tout particulièrement sur la signification de l'écartement des rails. On pouvait en conclure que l'intervention de Laura à la conférence de Budapest n'était pas passée inaperçue et que les Volotinen étaient attendus à la gare-frontière.

Ils durent déménager avec leurs bagages de leur compartiment-lits pour monter dans un wagon à bestiaux russe froid et malodorant dans lequel on chargea le pressoir à l'aide d'un chariot élévateur. Le reste des formalités douanières fut vite expédié et le train s'ébranla.

On aurait pu croire les difficultés terminées, mais

dans la grande Union soviétique, rien n'était jamais simple. À Lvov, Laura et Volomari, pensant en avoir le temps, décidèrent d'aller se restaurer au buffet de la gare. Mais pendant qu'ils émiettaient du pain noir dans leur solianka, le train repartit sans prévenir. Comme c'était un convoi de marchandises, personne ne savait trop rien de ses horaires, et ils restèrent là, désemparés, tandis que leur pressoir poursuivait sa route vers une destination inconnue.

Laura se montra de nouveau utile. Elle alla droit au bureau de la gare et exigea en allemand des explications sur le train qui avait emporté leur trésor historique.

Les employés de gare ne mirent pas beaucoup d'empressement à répondre à ses interrogations ; ils acceptèrent malgré tout, face à son insistance, de passer quelques coups de fil. Mais impossible de mettre la main sur le pressoir hongrois. On suggéra aux Volotinen de rester quelques jours à Lvov, peut-être retrouverait-on le train.

Il n'en était pas question, séjourner dans cette grande ville étrangère, grise, banale et peu accueillante, n'avait aucun intérêt. D'ailleurs Volomari avait du travail qui l'attendait à Helsinki, il devait rédiger un rapport sur la conférence internationale de Budapest sur l'écartement des rails. Les congés de Laura n'étaient pas non plus extensibles à l'infini. Tard dans la soirée, après avoir erré toute la journée dans les rues de Lvov, ils revinrent à la gare, où on leur apprit que le convoi de marchandises avait peut-être été aiguillé vers Kiev, à moins que ce ne soit vers Gomel, difficile à dire.

Les Volotinen prirent un train de nuit pour Kiev. À l'arrivée, le lendemain matin, il s'avéra que leur pressoir se trouvait sans doute en fin de compte à Gomel. Direction la Biélorussie, donc, où, trois heures plus tard, le convoi recherché fut effectivement retrouvé. Les Volotinen étaient si épuisés par leurs pérégrinations et par le manque de sommeil que Laura leur fit avec leurs manteaux un lit improvisé dans le wagon à bestiaux, derrière le pressoir. Volomari acheta au kiosque de la gare une bouteille d'eau et une miche de pain, ils mangèrent un peu puis s'endormirent. Vers minuit, le train repartit, mais ils n'avaient plus la force de s'en inquiéter. Un peu plus tard encore, Laura prit un cachet pour le cœur.

Le lendemain matin, le froid les réveilla. Ils avaient les membres ankylosés, le wagon était sale et sentait mauvais. Laura fit un peu de ménage, et, à une petite gare, Volomari eut le temps d'acheter une bouteille de vin rouge et un morceau de lard fumé. Le pain de la veille compléta leur repas et peu à peu ils se sentirent mieux. Ils regardaient par la grande porte double du wagon à bestiaux le paysage russe qui défilait lentement. Volomari retira la truffe du chien à liqueur et, au fil de la journée, ils sirotèrent son tokay. Ils rentraient maintenant chez eux, du moins le croyaient-ils jusqu'à ce que dans l'après-midi ils aient une surprise : le train s'arrêta à Dniepropetrovsk, loin au sud, autrement dit, vu de Finlande, au diable vauvert. Renseignements pris, leur wagon à bestiaux avait été, prétendument pas erreur, accroché à un convoi de marchandises à destination de la mer Noire. On pouvait bien sûr le raccrocher sans frais supplémentaires à une rame devant être aiguillée vers le nord. Mais ça prendrait du temps. En attendant, le couple n'avait qu'à prendre le train pour Rostov, d'où ils pourraient téléphoner en Finlande et régler leurs affaires.

Les Volotinen étaient conscients qu'on les baladait, mais qu'y faire ? Les chemins de fer soviétiques avaient déjà entendu bien pire que les injures de Laura. Ils avaient vu passer, au fil des décennies, des centaines de milliers de personnes, que ce soit en route vers le front pour s'y battre, vers des camps de prisonniers ou vers des villes nouvelles de Sibérie. Promener un vieux pressoir hongrois et deux capitalistes finlandais à travers la vaste Russie et les y égarer n'avait rien de très extraordinaire.

Volomari était près de s'avouer vaincu. Il proposa à Laura de prendre à Rostov-sur-le-Don un avion pour la Finlande et d'abandonner le pressoir à son sort sur le réseau ferré de l'URSS. Mais elle n'était pas femme à se laisser abattre aussi facilement. Elle venait d'une vieille famille de cheminots, après tout.

À une gare intermédiaire, ils trouvèrent à acheter deux couvertures et Volomari réussit, sur les conseils de la police locale, à rapporter quelques brassées de paille sèche d'un haras voisin. Ils purent ainsi s'aménager un lit relativement confortable. Volomari parvint aussi à se procurer deux seaux en zinc et à les remplir d'eau à une borne d'incendie, ce qui leur permit de se laver, puis de prendre enfin du repos. Il restait aussi du tokay dans le chien à liqueur. Laura accrocha un miroir au mur du wagon et disposa sur le couvercle de sa valise des accessoires de toilette, des serviettes et du savon. Au fil des arrêts, Volomari compléta leurs provisions. En arrivant à Rostov, ils avaient si bien repris du poil de la bête qu'ils téléphonèrent à Helsinki. Ils obtinrent la communication au bout de trois heures d'attente.

« Je ne leur manque pas du tout, à la Direction des chemins de fer. Ils m'ont dit que je pouvais rester ici aussi longtemps que je voulais », déclara avec soulagement Volomari à Laura à son retour de la cabine téléphonique.

À Rostov, on accrocha enfin le wagon à un train de marchandises en partance pour Moscou. Le voyage prit plus d'une semaine, car le convoi s'arrêtait pendant des éternités à chaque gare intermédiaire. Laura eut le temps d'évoquer longuement son père et son grand-père, qui avaient travaillé toute leur vie dans les chemins de fer. Depuis sa maison de garde de Nikaramäki, Juuso Lamuvaara avait régné sur un tronçon de voie de cinq kilomètres. Sa nombreuse famille vivait à l'étroit dans l'habitation qui ne comptait qu'une chambre et une cuisine. Dans l'étable appartenant à l'État ruminaient deux vaches que l'on nourrissait l'hiver de foin coupé sur les talus. Après les tempêtes de blizzard, le garde-voie devait déblayer le passage au moyen d'un pousse-neige de trois mètres de long avec lequel il raclait sur cinq kilomètres un rail à l'aller et l'autre au retour. Il devait aussi inspecter la ligne deux fois par jour et, sur les ponts de chemin de fer, signaler à chaque train, en agitant un drapeau blanc, qu'il pouvait passer. Le travail était pénible et mal payé, mais offrait malgré tout une certaine liberté. L'été, le garde-voie dirigeait les travaux de l'équipe qui réparait les rails déformés par le gel pendant l'hiver.

« Mon père a eu plusieurs fois les pieds gelés, à trimer dans le froid et revenir dans la nuit à la maison en longeant la voie balayée par la bise. Les dernières-nées de la famille sont mortes de dysenterie, et tous n'ont pas pu aller à l'école. C'est dire si nous avons la vie facile, ici, en comparaison. Inutile de s'énerver. »

C'est ainsi que Laura et Volomari traversèrent en wagon à bestiaux toute l'immense Russie, avec le pressoir hongrois, et finirent par arriver à Moscou, puis à Leningrad et enfin en Finlande.

Ils n'avaient pas l'air très frais lorsqu'ils se présentèrent à la douane, mais quoi de plus normal, le voyage avait été long.

Le trésor muséal fut déchargé à la gare de marchandises de Pasila et transporté par camion jusqu'au village de Herrsjö, à Espoo, où Volomari avait loué pour l'entreposer un ancien hangar de battage. Puis les Volotinen rentrèrent chez eux, se lavèrent et prirent un long repos. Quand Volomari se présenta enfin à son travail à la Direction des chemins de fer, il apprit à sa grande surprise qu'il avait été licencié pendant son voyage en Russie. En tant qu'assistant juridique non titularisé, il ne jouissait pas de l'inamovibilité des fonctionnaires, et il ne lui restait donc plus qu'à prendre ses cliques et ses claques et à déguerpir. On ne lui donna qu'à contrecœur le motif de son renvoi, qui touchait à la politique extérieure : il n'aurait pas dû ouvrir sa grande gueule à la conférence internationale de Budapest sur l'écartement des rails, ou en tout cas pas comme il l'avait fait, et surtout pas inciter son épouse cacochyme à répandre de la propagande réactionnaire, au risque de compromettre les relations d'amitié et de confiance entre la Finlande et l'URSS.

Volomari n'avait plus qu'à chercher un nouvel emploi. En discutant avec plusieurs compagnies d'assurances, il constata qu'il y avait autant de place qu'on voulait, dans le secteur, pour un courageux défenseur du système occidental. Ayant aussi eu vent de sa situation, la direction de Joukahainen lui demanda de reprendre son poste, à de nouvelles conditions salariales plus avantageuses. Les détestables placiers en assurances-auto furent priés de se tenir à carreau et Volomari Volotinen redevint ainsi inspecteur de sinistres.

Le fauteuil Récamier

À l'été 1972, Volomari Volotinen commença à réfléchir bien à l'avance au cadeau qu'il offrirait pour son cinquantième anniversaire à sa fidèle et compréhensive épouse. Ce devait à l'évidence être un bel objet, précieux et personnel, qui lui plairait à coup sûr et lui procurerait de nombreuses joies. Volomari étudia les catalogues des ventes aux enchères internationales d'antiquités : il y avait à Londres toutes sortes de vases magnifiques ainsi que de jolies chiffonnières, de même qu'à Madrid et Paris. L'affaire méritait un petit voyage à travers l'Europe. On trouvait certes en Finlande beaucoup d'objets anciens de bonne qualité, mais pour un anniversaire aussi important, une baratte vermoulue ou une quenouille fendue ne semblaient pas très appropriées, sans parler d'un racloir à cochon vieux d'un siècle ou d'une épée d'estoc datant de la grande guerre du Nord.

Dans le catalogue d'une salle des ventes parisienne, Volomari dénicha le cadeau parfait à offrir à Laura, un élégant fauteuil Récamier, dont le modèle avait été créé à la toute fin du XVIIIe siècle pour Juliette Récamier, la jeune et belle épouse d'un riche banquier parisien. Coqueluche des milieux littéraires, celle-ci tenait salon pour les intellectuels de l'époque. Son mari avait fait peindre d'elle un portrait la représentant à demi allongée sur sa banquette sans dossier aux extrémités artistiquement incurvées en S. Elle s'y tenait appuyée sur deux traversins recouverts de soie, avec à ses pieds un petit tabouret bas, grâce auquel même une personne âgée pouvait facilement prendre place sur la chaise longue. Le portrait de Mme Récamier était vite devenu célèbre et se trouvait maintenant exposé au Louvre. Volomari était décidé à acheter un meuble de ce style pour Laura. Ils avaient certes déjà dans leur séjour un magnifique fauteuil à bascule du Häme ainsi qu'un ensemble de salon en cuir, mais il lui semblait opportun de lui offrir son propre lit de repos. On avait fabriqué au XIXe siècle un grand nombre de récamiers, et celui qui était en vente n'était pas hors de prix : on en demandait douze mille francs. Ses revenus d'inspecteur de sinistres lui permettaient largement un tel achat.

En route pour Paris, donc ! Volomari s'y rendit seul, car Laura ne pouvait s'absenter de la boulangerie industrielle en cette période de l'été où beaucoup d'employés étaient déjà en vacances. Elle avait en outre la phobie de l'avion et prendre le train jusqu'en France était malcommode.

Volomari Volotinen s'installa dans un petit hôtel de la rive gauche, entre Montparnasse et le jardin du Luxembourg. On était en juillet, Paris resplendissait, les touristes se pressaient dans les cafés et, surtout, les antiquaires semblaient avoir en stock bien plus d'objets intéressants que ce que l'on aurait pu croire. Dès le jour de son arrivée, Volomari alla visiter deux expositions organisées en vue d'enchères, avant de se rendre le lendemain dans le petit mais très réputé magasin d'antiquités Le Royal, qui était le but premier de son voyage.

La salle des ventes du Royal se trouvait au premier étage d'un immeuble ancien du boulevard Saint-Marcel. C'était une grande pièce vieillotte et plutôt mal éclairée qui pouvait contenir plus de cent personnes ; les clients étaient assis à de petites tables de quatre ou six personnes, où on leur servait du café, du vin et des petits-fours. L'accès était ouvert sur réservation, et les cartons d'invitation disponibles dans le magasin d'antiquités de l'établissement, situé au rez-de-chaussée.

La foule des enchérisseurs était cosmopolite. À la table de Volomari Volotinen, il y avait deux hommes d'affaires américains, qui se déclarèrent prêts à acheter plus ou moins de tout, et un antiquaire italien, qui avoua être essentiellement là à des fins professionnelles, pour se faire une idée de la qualité et surtout du prix des objets proposés. Volomari et lui commandèrent des verres de vin rouge, les Américains de la bière. Aux autres tables aussi, il y avait des acheteurs venus des quatre coins du monde, principalement de pays anglophones, d'après le murmure des conversations, mais il y avait également quelques Japonais et même deux ou trois Arabes.

Parmi les objets mis en vente dans la matinée, il y avait de la porcelaine chinoise, un certain nombre de tableaux russes ayant la mer pour thème et quelques intéressantes cartes marines. Les mains moites d'excitation, Volomari regarda passer sous le marteau une ancienne carte russe dessinée par un prisonnier de guerre suédois à l'époque de la bataille de Poltava. On y voyait la Sibérie et l'ébauche du passage du Nord-Est. Elle valait cependant bien trop cher pour sa bourse, vingt-huit mille francs. Et sans doute la fille du garde-voie n'aurait-elle pas su apprécier à sa juste valeur une vieille carte marine des côtes sibériennes et de l'océan Arctique.

Après le déjeuner, dans l'après-midi, Volomari constata que l'Italien avait disparu. Il fut remplacé par un Français moustachu au nez busqué qui fumait des Gitanes à la chaîne, buvait express sur express et tambourinait nerveusement des doigts sur la table. Il n'achetait rien, mais observait avec attention le public comme à la recherche d'un ami ou d'un client. Il se présenta lui aussi comme un antiquaire, mais ses vêtements élimés, pour ne pas dire râpés, laissaient penser que son entreprise n'était pas très florissante.

Puis ce fut le tour des meubles. Les Américains s'enthousiasmèrent aussitôt pour des tables et des chaises rococo qui leur furent vite adjugées. Quand on en vint au fauteuil Récamier, Volomari leva calmement la main et en proposa treize mille francs. Les Américains trouvèrent l'offre stupéfiante — à leurs yeux, l'objet en valait à peine mille, il n'avait même pas de dossier. Chez eux, on pouvait avoir pour le même prix deux ou trois canapés en cuir flambant neufs. Ils quittèrent bientôt la salle et Volomari resta seul à sa table avec le Français.

Quelques acheteurs concurrents renchérirent mollement sur le prix du récamier, mais abandonnèrent quand Volomari porta son offre à treize mille cinq cents francs. Il s'imaginait déjà, tout heureux, la grâce avec laquelle sa chère Laura se reposerait sur son fauteuil. Il pourrait la prendre en photo, le jour de son anniversaire, à demi allongée sur sa chaise longue de style Directoire, dans la même pose séduisante que Mme Récamier en son temps. Laura était certes de constitution plus robuste que Juliette, mais, d'après Volomari, une fidèle employée de la boulangerie industrielle d'Elanto avait autant droit aux petits plaisirs de la vie qu'une bourgeoise d'antan luxueusement entretenue.

Volomari régla son acquisition par chèque de banque, précisant que ce dernier serait payable aussitôt qu'il aurait vérifié le certificat d'authenticité du meuble. Celui-ci devait être livré à un transitaire local qui l'expédierait en Finlande une fois les formalités de douane et d'exportation accomplies.

Quand il sortit sur le boulevard, Volomari Volotinen constata que le miteux antiquaire français l'avait suivi.

« Pardonnez-moi, cher monsieur, mais j'ai une offre intéressante à vous faire », susurra-t-il, et il invita Volomari à venir boire un verre au café voisin.

Tandis qu'ils trinquaient, l'homme s'expliqua.

« J'aurais à vous vendre une guillotine en excellent état. »

La guillotine

À la terrasse du café parisien, Volomari Volotinen luttait contre lui-même.

« Une guillotine ? Mais qu'est-ce que j'en ferais ? tenta-t-il de protester, mais tout en disant cela, il sentait son sang s'échauffer.

— C'est un objet de grande valeur qui peut toujours être utile, murmura l'antiquaire. Elle date de la Révolution française, son socle est estampillé 1793 et elle a servi à décapiter au moins cinq cents personnes, si ce n'est mille. J'ai un certificat d'authenticité, vous pouvez vérifier. »

Volomari Volotinen jeta un coup d'œil au papier. Il comprenait suffisamment le français, un inspecteur d'assurances s'occupant de sinistres internationaux se devait de parler plusieurs langues. Mais, par déformation professionnelle, il se méfiait de tous les certificats qu'on lui présentait, et celui-là ne faisait pas exception. Ce pouvait très bien être un faux, tout comme la guillotine elle-même.

« Elle a tranché la tête de Danton en personne », ajouta l'antiquaire d'un ton fébrile.

Volomari Volotinen lui demanda pourquoi il cherchait à fourguer un instrument de supplice d'une valeur inestimable à un collectionneur finlandais inconnu. N'aurait-il pas été plus simple de le vendre à la Direction des musées de France, par exemple ?

L'homme grommela d'une voix rauque que les guillotines étaient taboues dans le pays, leur commerce ne pouvait se faire que sous le manteau. Le souvenir du double aspect de la Révolution française — l'égalité pour les déshérités et la Terreur — imprégnait encore, deux cents ans plus tard, la vision qu'en avaient les citoyens. Il ne s'agissait tout simplement pas d'antiquités ordinaires. Il semblait donc plus sûr, l'un dans l'autre, de vendre l'engin à un collectionneur finlandais qui l'emporterait vite hors du pays, loin dans le Nord.

« En plus... cet objet a très bien pu être volé plusieurs fois. Si vous permettez, je ne vous révélerai pas comment il est entré en ma possession. »

Volomari Volotinen songea qu'acquérir un instrument de supplice plusieurs fois volé qui avait servi à décapiter des centaines de malheureux était une entreprise extrêmement risquée. Dans le secteur muséal, cela n'avait cependant rien d'extraordinaire. Collectionner les objets anciens, ou plus généralement en vendre et en acheter, était un sport brutal où circulait de l'argent noir, gris et sale, où l'on pratiquait l'escroquerie et l'intimidation et où la vie d'un homme ne pesait pas lourd. La lutte pour les souvenirs historiques de l'humanité était sans merci.

Ils prirent un second verre. La conversation dévia tout

naturellement sur la Révolution de 1789. L'antiquaire connaissait son sujet, l'histoire de France, sur le bout des doigts. C'était un plaisir de discuter avec lui des activités du club des Jacobins, du serment du Jeu de paume prêté à Versailles, de la gestion de crise désastreuse de Louis XVI, de sa tentative de fuite organisée en dépit du bon sens et bien sûr des Montagnards, Robespierre, Danton et Marat, sans oublier les conséquences de ces années sanglantes sur toute l'évolution de l'Occident : la révolution russe, en mars, était une réédition de la prise de la Bastille, à Paris, et la révolution d'Octobre un remake de la Terreur de Robespierre, mais de plus longue durée, car personne n'avait réussi à supprimer Staline à temps. Puis l'on en revint à la question du jour.

« Je pourrais vous céder cette guillotine pour trente mille francs, qu'en dites-vous ? »

Volomari manifesta son étonnement, comment pouvait-il vendre un objet aussi précieux pour un prix aussi bas ? Il croyait savoir que ce genre d'instruments valait le double, voire plus, sur le marché international.

L'antiquaire expliqua que la guillotine avait en fait déjà été vendue une fois, à un émir arabe qui avait fondé à Djedda un musée de la torture privé et la voulait pour ses collections. L'objet lui avait été présenté deux semaines plus tôt. Méfiant, l'acheteur avait exigé des garanties sur son origine et on lui avait promis des documents prouvant son authenticité et son bon fonctionnement.

On avait demandé deux ou trois certificats d'experts, bien entendu en toute confidentialité, et, pour couronner le tout, on avait organisé une décapitation test. Celle-ci avait parfaitement réussi, malgré les deux cents ans d'âge de la guillotine.

Volomari était horrifié. Avait-on réellement utilisé l'instrument de torture pour sa fonction première dans l'unique but de prouver son authenticité à un émir amateur de macabre ? C'était un meurtre, un assassinat cruel et insensé !

« On n'a évidemment coupé le cou d'aucun être vivant. Il se trouve que je connais un médecin légiste qui travaille à la morgue du IXe arrondissement. C'est mon beau-frère, en fait. Je me suis mis d'accord avec lui pour tester la guillotine dans son établissement et, avec quelques amis, une nuit, on l'y a trimballée. On a pris dans la chambre froide un mort qui avait été autopsié et qui était donc disponible, en quelque sorte. »

Volomari en avait froid dans le dos, mais il ne pouvait s'empêcher d'écouter le récit de l'antiquaire.

« C'était un marginal d'une cinquantaine d'années, un ancien facteur, qui n'avait pas de famille, ni grand-chose d'autre, d'ailleurs, je veux dire de son vivant. On a solidement planté l'engin au milieu de la salle d'autopsie et sorti le corps de son tiroir pour l'installer sur la planche. Il était déjà raide et n'a pas opposé de résistance. L'un de nous a vissé un appareil photo sur un pied, les autres ont placé la tête du pauvre vieux dans la lunette de la guillotine, tout était prêt.

— Quelle horreur », marmonna Volomari, et il commanda, au lieu de vin, deux doubles calvados.

« C'est vrai que c'était terrible. On imagine l'effet que ça devait faire d'être en train de décapiter un condamné vivant sur une place au milieu d'une foule compacte. »

L'homme avala une gorgée de calvados avant de pouvoir continuer.

« Puis j'ai lâché la corde, le couperet est tombée d'un bloc et a tranché le cou de ce pauvre homme aussi facilement que des fanes de carotte. La machine était encore en parfait état de marche. »

Les bourreaux avaient ensuite rapidement rassemblé leur matériel et quitté les lieux avec la guillotine et l'appareil photo. La tête et le corps du mort avaient été déposés sur la table d'autopsie et le légiste était resté à recoudre les restes du malheureux facteur.

« Tout s'est bien passé, sauf que celui qui avait pour mission d'immortaliser l'exécution a salopé le boulot. Il était si nerveux qu'il a oublié d'appuyer sur le bouton de synchronisation de l'appareil et le flash s'est déclenché une fraction de seconde trop tard, ce qui fait que toutes les photos étaient tellement sous-exposées qu'on n'y voyait absolument rien.

— Toute cette macabre mise en scène n'a donc servi à rien ? s'exclama Volomari Volotinen.

— On a bien failli guillotiner aussi le photographe, tellement on était furieux. Mais il a promis de se racheter et a fait ce qu'il fallait.

— Vous n'avez quand même pas coupé la tête d'un autre mort ? demanda Volomari effaré.

— Non, le photographe est allé avec un copain chez

un boucher de ses amis qui a accepté de l'aider. Et la nuit suivante, ils ont décapité une carcasse de porc dans l'arrière-boutique de la boucherie. La tête s'est paraît-il magnifiquement séparée du corps. Et cette fois les photos étaient parfaites. On était ravis. »

L'antiquaire montra à Volomari une série de tirages en couleurs montrant l'exécution : d'abord l'érection de l'échafaud, puis la présentation de la carcasse, sa mise en place sur la bascule, le couperet qui tombe et la tête de cochon qui roule sur le sol. Cinq clichés particulièrement réussis.

« Qu'est-ce que l'émir en a pensé quand ils les a vus ? »

L'homme soupira, découragé.

« Ce fichu musulman a piqué une colère terrible, a menacé d'appeler la police et a annulé la vente. Il a dit qu'un vrai croyant ne supportait pas la viande de porc, sous quelque forme que ce soit, n'en mangeait pas et ne pouvait en aucun cas admettre qu'on tue un cochon avec un instrument destiné à un musée. On a eu beau lui assurer que l'animal était déjà mort quand on lui a coupé le cou, il n'a rien voulu entendre. Pour lui, c'était encore plus immonde.

— Et maintenant vous êtes pressé de vous débarrasser de cette guillotine, conclut Volomari Volotinen, perspicace. Vous la vendez à prix cassé au premier acheteur venu ?

— À franchement parler, c'est exactement ça. »

Volomari proposa vingt mille francs. L'antiquaire trouva le prix ridicule pour un instrument aussi rare et en demanda vingt-cinq mille. On avait en effet déjà obtenu une autorisation d'exportation et payé le transport par avion jusqu'à Djedda. L'émir avait refusé de se le faire rembourser, déclarant se laver les mains pour l'éternité de cette machine à tuer les porcs.

Le marché fut conclu. Volomari alla inspecter la guillotine remisée dans un garage et constata qu'elle était authentique ; il y avait, gravés sur son socle, la date de 1793 et d'innombrables noms de guillotinés, parmi lesquels celui de Danton, avec le jour de son exécution. Les bourreaux avaient apparemment déjà l'habitude, à l'époque de la Révolution française, de tenir le compte de leurs œuvres.

Tout étant en ordre, Volomari Volotinen téléphona en Finlande à Laura. Il lui raconta avoir fait deux magnifiques trouvailles à Paris et expliqua qu'il devait faire un détour par Djedda, en Arabie saoudite. Il en avait pour quelques jours et pensait être de retour avant son cinquantième anniversaire.

« Soit prudent, là-bas en Arabie, mon chéri. »

La calebasse arabe

L'aéroport de Djedda était superbe, mais les centaines de pèlerins fourbus qui le peuplaient, affalés partout avec leurs ballots, sur les sièges ou à même le sol, détonnaient quelque peu avec le cadre. Ils allaient à La Mecque ou en revenaient. Tout bon musulman doit en effet se rendre au moins une fois dans sa vie dans la ville sainte de l'islam, sous peine de conséquences fâcheuses dans l'au-delà. Volomari Volotinen songea que ce pèlerinage était pour les musulmans pieux une sorte d'assurance pour l'éternité après la mort.

Lui-même se heurta à des difficultés. On lui annonça que faute d'invitation officielle légalisée pour un séjour en Arabie saoudite, et surtout à Djedda, il devait quitter le territoire sur-le-champ et retourner là d'où il venait. La guillotine, en revanche, pouvait être dédouanée en bonne et due forme et acceptée sans objection dans le pays. Un officier des douanes proposa même à Volomari de la lui acheter, estimant qu'elle pourrait s'avérer utile dans sa patrie, mais il refusa bien sûr de se séparer de son trésor.

Le problème était qu'il n'y avait pas de place dans les avions à destination de l'Europe. Il lui aurait fallu passer par l'Afrique du Nord, par un vol de retour de pèlerins tunisiens ou marocains, mais la seule idée d'un tel détour lui semblait inenvisageable. L'autre solution était d'aller à Riyad, d'où décollaient chaque jour plusieurs vols pour l'Europe. Mais comment y parvenir si les autorités ne le laissaient même pas franchir la douane ?

Après de longues négociations, Volomari Volotinen finit par obtenir un visa de transit de deux jours afin de pouvoir rejoindre Riyad et de là son pays. Il faisait déjà presque nuit quand, avec l'aide d'un chauffeur de taxi indien, il ficela sur le toit d'une limousine américaine flambant neuve, modèle 1971, la caisse en contreplaqué contenant la guillotine. Elle mesurait plus de deux mètres de long et ressemblait à un gigantesque cercueil.

Direction le nord-est, par un long ruban bitumé rectiligne : l'Arabie saoudite était un État pétrolier en plein essor économique qui avait les moyens de construire des routes et de les recouvrir d'hydrocarbures. Les lumières de Djedda s'éloignèrent, le ciel était parsemé d'étoiles, un croissant de lune s'y balançait. La voiture de luxe ronronnait, Volomari s'endormit.

Il se réveilla, peu après minuit, quand le chauffeur freina pour se garer dans le sable au bord de la route d'asphalte afin de faire le plein. L'homme versa dans le réservoir le contenu de six jerricans d'un gallon d'essence qu'il avait sortis du coffre, puis s'éloigna dans le désert. Il fut bientôt de retour, portant une brassée de grosses planches, sans doute jetées là depuis un camion, et déclara qu'il allait allumer un feu et faire du thé. Une hache aurait été utile, mais il n'en avait pas. Les talents de scout du chauffeur indien étaient de toute façon plutôt rudimentaires, à l'aune finlandaise. Il demanda à Volomari de l'aider à réduire les planches en morceaux. À la lumière du croissant de lune, il en disposa deux en croix et se mit à sauter dessus dans l'espoir d'en casser au moins une, mais il était trop léger pour y arriver. Volomari, jugeant l'entreprise désespérée, suggéra de descendre la caisse en contreplaqué du toit de la limousine, elle contenait un outil adapté.

Il dressa la guillotine au milieu du désert et engagea une planche dans la lunette afin de la débiter. Dans un joyeux craquement de bois sec, elle fut tranchée net. Après chaque coup, l'Indien tirait sur la corde pour hisser le lourd couperet vers le haut et, quand la planche était en place, le laissait retomber. Chaque fois que la lame s'abattait, une lueur animale passait dans ses yeux. Il aurait sûrement fait un bourreau enthousiaste et zélé, dans des circonstances plus favorables, songea Volomari en continuant à alimenter le tranche-tête en planches. Ils eurent vite de quoi faire du feu. Le chauffeur de taxi arrosa le bois d'essence, gratta une allumette et posa une bouilloire à thé sur les flammes. Ils approchèrent la caisse de la guillotine pour s'asseoir dans le halo du feu de camp. Rien de plus agréable que cette pause dans la fraîcheur de la nuit du désert, à regarder les étoiles scintiller et les flammes danser, avec à la main un verre brûlant d'où montait la vapeur d'un délicieux thé indien. Le désert était silencieux, le croissant de lune flottait dans le ciel constellé, l'instant était magique. Il ne manquait qu'une aurore boréale.

Le chauffeur de taxi raconta être venu d'Inde quelque cinq ans plus tôt. Il était originaire de Madras, où il avait travaillé sur un chantier de démantèlement de navires hauturiers. C'était un métier pénible et dangereux, et il remerciait le ciel d'avoir pu s'installer en Arabie saoudite. Rien que le billet de bateau pour Djedda lui avait coûté trois ans d'économies. Il avait une famille en Inde, un père, une mère et plus d'une dizaine de frères et sœurs à qui il envoyait régulièrement de l'argent. Il possédait son propre taxi et comptait ouvrir un garage. Dommage seulement qu'il n'ait aucun espoir d'obtenir la nationalité saoudienne, car il n'était ni arabe ni musulman, mais il se trouvait quand même mieux là que chez lui à Madras.

Volomari Volotinen, pour sa part, expliqua qu'il était assureur, venait de Finlande et habitait à Pitäjänmäki, qui était un petit quartier excentré de Helsinki. L'Indien avait entendu parler de la ville, on y avait organisé les Jeux olympiques quand il avait cinq ans.

Il raconta aussi que l'Irak avait nationalisé un mois plus tôt l'Iraq Petroleum Company, qui appartenait aux Américains. Il en était extrêmement satisfait, car il pensait que les magnats occidentaux du pétrole devraient quitter d'Arabie la queue entre les jambes, et que le monde entier verrait alors qui avait de l'argent et qui décidait sur cette planète.

Volomari Volotinen n'était pas certain que la nationalisation de la production pétrolière signifiât grand-chose. Les

Arabes étaient dépendants des ingénieurs occidentaux et des relations commerciales avec l'Ouest, un point c'est tout.

« Oui, mais quand on fermera les robinets de pétrole, l'Europe et l'Amérique connaîtront la plus terrible pénurie de l'histoire. Le prix du baril sera multiplié par cent, et nous deviendrons tous richissimes », se vanta le chauffeur de taxi.

Son enthousiasme fit d'abord sourire Volomari, mais ensuite il réfléchit : si les pays producteurs nationalisaient vraiment l'industrie pétrolière, il en découlerait non seulement une hausse des prix, mais aussi d'importants bouleversements dans le secteur de l'assurance. On ne construirait plus avant longtemps d'installations industrielles nouvelles, les investissements et par conséquent les besoins en assurance diminueraient... il décida de rédiger dès son retour chez lui un rapport sur une possible crise de la production de pétrole et ses effets sur les perspectives d'avenir des activités d'assurance.

Ils arrivèrent aux aurores à l'aéroport flambant neuf de Riyad, dont les terminaux de passagers avaient l'allure de petits palais. Volomari fit enregistrer la guillotine comme fret et prit un billet pour Helsinki via Amsterdam. Comme l'avion ne décollait qu'en fin d'après-midi, il décida d'aller faire un tour en ville pour voir s'il ne trouvait pas quelques antiquités arabes à acheter. Il dénicha vite deux jolis vases qui dataient selon lui du début du siècle, ainsi qu'une calebasse d'âge incertain, mais quoi qu'il en soit très ancienne.

Il fut aussi contraint d'assister, horrifié, à l'exécution publique du jour, sur une place poussiéreuse. Une petite foule s'était rassemblée pour regarder la décapitation effectuée par un homme en robe noire muni d'un sabre. Le condamné était un pauvre diable à qui on avait lié les mains dans le dos. Volomari ne comprenait pas l'arabe et ne parvint donc pas à savoir quel crime le malheureux payait de sa vie. Quoi qu'il en soit, son sang jaillit bientôt sur le sable ; ce n'est qu'au troisième coup que sa tête se détacha de son corps et que ses péchés sur terre furent rachetés. Le spectacle était révoltant. Volomari songea que grâce à sa guillotine à l'efficacité éprouvée, cette barbarie aurait été moins douloureuse pour la victime.

En quittant la place, Volomari Volotinen eut maille à partir avec la police religieuse : au coin d'une rue, des hommes armés de longues cannes battaient une jeune femme qu'ils avaient attrapée. Sans doute incommodée par la chaleur, elle avait soulevé sa robe légèrement trop haut, laissant entrevoir, en plus de sa cheville, quelques centimètres d'un mollet impudique.

Sans réfléchir, Volomari se précipita à son secours, avec pour seul résultat de se faire lui aussi rosser. Il reçut dans le bas du dos une bonne vingtaine de coups de canne furieux. Ce n'était pas une petite fessée administrée avec tendresse. Bien après son retour en Finlande, il avait encore du mal à s'asseoir. Dans l'échauffourée, ses deux vases anciens se brisèrent, mais heureusement la vieille calebasse s'en tira sans dommages. Volomari s'arracha au triple galop des griffes des gardiens des mœurs et réussit à trouver un taxi qui le conduisit en sécurité, douloureusement meurtri, à l'aéroport de Riyad.

Rentré chez lui, Volomari montra avec enthousiasme la guillotine à Laura. Il lui raconta qu'elle avait une telle valeur que, si on la mettait sur le marché, l'État français en paierait des millions. Dommage seulement que l'on ne puisse pas la proposer à la vente, car elle avait été clandestinement importée en Finlande depuis Paris via Djedda et Riyad, et il ne l'avait de toute façon pas acquise dans un but spéculatif.

Laura trouva certes la guillotine superbe, mais était-ce vraiment le cadeau idéal pour les cinquante ans d'une épouse ? Elle avait espéré quelque chose d'un peu plus romantique, sachant que Volomari était allé jusqu'à Paris pour l'acquérir.

« Mais à mon âge on ne peut sans doute rien attendre d'autre de son mari. »

C'est alors que Volomari dévoila le récamier qu'il avait acheté aux enchères dans la capitale française. Il assura à sa femme qu'il n'avait évidemment pas eu l'intention de lui faire cadeau de la guillotine, loin de lui cette idée, mais d'une élégante chaise longue où elle pourrait se prélasser. Laura l'essaya aussitôt, prenant place avec le plus grand naturel sur le précieux fauteuil ancien. Elle rayonnait d'une grâce innée !

Volomari Volotinen commanda un grand portrait de Laura à demi allongée à la manière de Juliette Récamier. Il fut exécuté par Pekka Vuori, éminent représentant de l'avant-garde des peintres salonniers les plus réputés de Finlande.

Le remueur

Juste ciel ! voilà donc où l'on en était : Volomari n'avait que trente ans, mais son épouse déjà cinquante. C'était pourtant difficile à croire, tellement Laura était encore énergique et vigoureuse. Elle continuait d'aider en tout son mari, de l'encourager et de le dorloter. Il y avait dans son attitude quelque chose de maternel, Volomari en était conscient, mais quel mal y a-t-il à ce qu'une femme aime son époux comme une mère son enfant ? C'est la garantie d'une union particulièrement tendre et sereine.

Peu après son cinquantième anniversaire, Laura donna sa démission de la boulangerie industrielle d'Elanto pour ouvrir sa propre boulangerie-pâtisserie à Töölö, rue Runeberg. En tant que juriste et expert en assurances, Volomari vint sans mal à bout de la paperasse nécessaire à la création de l'entreprise, qui prit le nom de « Fournil à pains et gâteaux L. Volotinen ». Laura reçu la médaille d'argent d'Elanto pour ses longues années de dévouement à son travail et, lors de son pot de départ, le directeur général y alla d'un discours :

« Si tu ne réussis pas dans la voie du capitalisme sauvage, tu seras toujours la bienvenue dans le giron de notre coopérative ouvrière », déclara-t-il en lui remettant sa médaille.

Volomari consacra ses congés annuels à aider Laura à lancer son entreprise, en mettant littéralement la main à la pâte. Il apprit à pétrir et à cuire des petits pains, cent vingt par fournée. Laura lui montra aussi comment décorer les pâtisseries. Il passa vite maître dans l'art d'écrire à la chantilly sur les gâteaux fourrés : JOYEUX 50e ANNIVERSAIRE ! — POUR MA CHÉRIE ADORÉE — POUR LE PETIT POUSSIN DE PAPA — AIRA 60 ANS — REGRETS ÉTERNELS — et autres dédicaces émouvantes. Il réussissait tout particulièrement les angelots, et modelait en deux temps trois mouvements de petits cochons en massepain. Il se surprenait parfois à penser à son propre bonheur conjugal en décorant un gâteau de mariage et en piquant dans son glaçage au chocolat un couple de mariés en sucre. Un sourire béat illuminait alors son visage. Quand les clients venaient chercher les pâtisseries qu'ils avaient commandées, Volomari en profitait pour leur proposer des assurances. Lors de grands événements familiaux, noces, anniversaires ou enterrements, les gens étaient d'humeur plus réceptive et beaucoup se laissaient tenter.

En plus de manier la poche à douille, Volomari conduisait la camionnette du fournil de Laura, se levait dès cinq heures du matin pour cuire des petits pains et les livrait ensuite à des boutiques et des cafés du voisinage, et même d'autres quartiers.

Le dimanche, les Volotinen se reposaient enfin, faisaient

la grasse matinée et ne sortaient de chez eux qu'à midi passé. Ils chargeaient alors dans leur camionnette deux paniers à champignons et de quoi pique-niquer. Ils allaient à la campagne, à Kirkkonummi ou à Vihti, et passaient souvent par la même occasion à Herrsjö jeter un coup d'œil au pressoir hongrois et à la guillotine, bien à l'abri dans leur hangar de battage. Volomari rêvait de trouver pour leur tenir compagnie d'autres pièces de musée encombrantes.

Laura, instruite par l'expérience, avait un flair infaillible pour trouver des champignons, et avait aussi enseigné cet art à Volomari, qui ne connaissait auparavant que les lactaires à toison. Maintenant, ils cueillaient aussi des cèpes, des pieds-de-mouton, des russules, des girolles et des trompettes-de-la-mort.

Pour la conserver, ils blanchissaient leur précieuse récolte, et Volomari eut l'idée de l'utiliser pour confectionner dans le fournil de sa femme des friands qu'il espérait vendre à bon prix à quelques hôtels. Il créa même son propre modèle, un chausson ovale d'une quinzaine de centimètres de long qu'il fourrait d'une généreuse fricassée de champignons agrémentée d'oignon, de crème et d'herbes aromatiques. Le succès fut vite au rendez-vous !

Par un dimanche d'automne, alors qu'il se promenait depuis déjà deux heures avec Laura dans la forêt de Klaukkala à cueillir des champignons, Volomari se mit en tête de tailler quelques remueurs dans de jeunes plants de pin. Rien de plus simple à confectionner que ces instruments utilisés depuis des temps immémoriaux par les paysannes finlandaises pour mélanger les bouillies de céréales ou pétrir la pâte : il suffit de couper le sommet d'un petit pin un peu au-dessous de l'avant-dernier étage de branches, puis de tronquer celles-ci. La flèche de l'arbre sert de manche et sa couronne de branches épointées de fouet. Il ne reste plus qu'à l'écorcer et à la laisser sécher pour obtenir un bel objet utilitaire façonné par la nature. Volomari avait appris à en fabriquer dès son enfance. Il en tailla un pour Laura, un pour lui-même, et un pour ajouter à sa collection de pièces de musée de Pitäjänmäki.

Ils savourèrent leur copieux pique-nique dans la forêt d'automne ensoleillée, adossés au tronc d'un immense pin, puis le sommeil les gagna peu à peu et ils s'endormirent là, à côté de leurs pleins paniers de champignons, avec à la main des remueurs d'un blanc lumineux sentant bon la résine. Le beau dimanche des boulangers entreprenants.

Le lance-mine

Lorsqu'il se réveilla, au pied du grand pin, le couple entreprit de se livrer à des ébats conjugaux. Mais sa félicité fut troublée par deux jeunes garçons qui surgirent soudain de la forêt. L'un d'eux tenait entre ses bras un obus de mortier. Volomari boutonna sa braguette et courut leur demander où ils avaient trouvé cette arme de guerre. Les garnements laissèrent tomber leur trophée dans les buissons de myrtilles et détalèrent comme des lapins. Volomari les rattrapa et exigea de savoir d'où venait l'obus. À contrecœur, ils avouèrent avoir découvert sur une colline voisine une vieille casemate où il y en avait aussi d'autres, en plus d'un genre de gros canon.

Laura les rejoignit. Les garçons furent sommés de montrer au couple le chemin de la casemate. Elle était creusée dans le versant nord d'une petite colline rocheuse, au milieu d'une sapinière. Ce n'était en réalité qu'une crevasse profonde d'un mètre cinquante et large d'un peu plus d'un mètre, recouverte de rondins et d'une couche de pierres. Le boyau mesurait environ quatre mètres de long et son sol était en terre battue. On voyait que les garçons y avaient campé. Un poêle en fer muni d'un conduit en tôle occupait le fond de la casemate. De l'ouvrage de mauvaise qualité, nota Volomari.

À côté, il y avait un tube de mortier de 80 millimètres appuyé contre le roc. Son bipied était posé par terre. Une dizaine d'obus étaient empilés en face du poêle. Volomari vit tout de suite que le porte-mine était un produit de l'Atelier de construction mécanique de l'Usine de lin de Tampere ; une plaque de cuivre, sur le support, indiquait l'année de fabrication, 1931. Une véritable pièce de musée, d'une valeur inestimable, une arme d'infanterie efficace qui avait joué un rôle détonant dans l'histoire militaire finlandaise.

Volomari fit jurer aux garçons de ne souffler mot à personne de leur trouvaille. S'ils ne voulaient pas d'ennuis, ils avaient intérêt à rentrer chez eux en vitesse et à laisser cette dangereuse cache d'armes sous la responsabilité d'adultes. Soulagés, les gamins prirent leurs jambes à leur cou.

Laura aurait voulu aller tout de suite téléphoner à la police pour l'informer de la découverte de la casemate et des armes, mais Volomari le lui interdit fermement. Si les autorités apprenaient quoi que ce soit, le matériel finirait à l'arsenal de la Défense et il ne pourrait pas ajouter le vieux lance-mine à ses propres collections.

« On ne peut pas abandonner comme ça un tel butin », décréta-t-il. Il voulait transporter l'arme dès la nuit suivante jusqu'à son hangar de battage de Herrsjö, où il conservait déjà d'autres objets lourds. Il avait là l'occasion d'enrichir ses réserves d'un mortier finlandais qui avait été caché dans les forêts de Klaukkala peu après la guerre. La casemate faisait à l'évidence partie du réseau de dépôts secrets de l'époque. Quand l'armée finlandaise, en 1944, avait été forcée d'accepter la paix, certains officiers inquiets pour l'avenir du pays avaient organisé une vaste opération de dissimulation d'armes ayant pour but de stocker aux quatre coins du territoire, en prévision du pire, suffisamment de matériel pour équiper quelques régiments d'infanterie. On avait là une de ces caches que la Sûreté nationale n'avait pas découverte sur le moment. Il y avait peut-être eu d'autres armes dans la crevasse rocheuse, mais il ne restait plus que le tube de mortier et son bipied, trop lourds pour être emportés par de petits garçons.

Les obus inquiétaient Laura. Ils risquaient d'exploser si on les déplaçait, et les particuliers avaient-ils seulement le droit de détenir d'aussi gros stocks de munitions ?

« Je réponds de la légalité de cette opération, c'est moi le juriste, ici », répliqua Volomari.

Le projet fut mis à exécution dès la nuit tombée. Dans l'obscurité, les Volotinen traînèrent le mortier de la casemate à la route, de l'autre côté de la colline, et le chargèrent dans la camionnette du fournil pour le transporter jusqu'à leur hangar, à vingt kilomètres de là, dans le village de Herrsjö. Le bipied pesait à lui seul plusieurs dizaines de kilos, le trimballer à travers la forêt n'était pas une mince affaire. Laura, en nage, marmonna qu'un travail aussi pénible et illégal n'était pas fait pour une femme, qui plus est pâtissière. Ils portèrent un par un dans leurs bras les obus de mortier d'un poids de trois kilos et demi pièce, en prenant garde de ne pas trébucher, de peur qu'ils n'explosent accidentellement. Tout l'arsenal fut mis à l'abri avant l'aube dans l'entrepôt de Volomari. Il y passa ensuite la journée, une fois Laura partie s'occuper de sa boulangerie, à débarrasser le lance-mine de sa rouille. Celle-ci n'avait apparemment attaqué que le bipied, le tube lui-même était en bon état, protégé par une épaisse couche de graisse de stockage. Volomari le mit en place et constata que l'arme était opérationnelle, prête à tirer au besoin.

Il était conscient qu'il ne pouvait pas garder très longtemps les obus dans son hangar de battage. En tant que juriste, il comprenait l'inquiétude de Laura, un civil n'avait évidemment pas le droit de posséder des munitions mortellement dangereuses. Après la guerre, les responsables des caches d'armes avaient écopé de peines allant jusqu'à un an de prison, mais en ces années 1970 on n'avait sans doute plus à craindre de sanctions aussi sévères. Mais comment savoir ? Les staliniens étaient capables d'inventer une délirante affaire de haute trahison, avec pour protagonistes l'inspecteur de sinistres Volomari Volotinen et son épouse Laura, une ancienne auxiliaire de première ligne connue pour son ardent bellicisme. Quoi qu'il en soit, il risquait une forte amende ou une peine avec sursis, et mieux valait se débarrasser au plus vite des obus. Il avait malgré tout l'intention de conserver le mortier. Il pourrait toujours expliquer n'être qu'un innocent collectionneur et l'avoir acheté dans des surplus de l'armée. Les juristes sont habiles à inventer de toutes pièces des histoires. Dans ce domaine, ils battent à plate couture la plupart des écrivains.

« Dommage que l'automne soit si avancé, il n'y a plus d'orages. Au milieu du tonnerre et des éclairs, on pourrait tirer ces obus en direction de la mer sans que personne s'en aperçoive, ce serait un bon moyen de s'en débarrasser. »

Laura demanda comment fonctionnait le lance-mine. Volomari lui expliqua : c'était simple, il suffisait de pointer le tube et d'y laisser tomber l'obus, amorce activée. Quand il touchait le fond, la charge propulsive explosait et l'envoyait voler dans les airs. On pouvait tirer à plusieurs kilomètres de distance, sa portée était largement suffisante pour atteindre la mer depuis le hangar de battage de Herrsjö. Il fallait juste faire attention à ne pas viser les chenaux de navigation.

« Mais mieux vaut attendre pour mener cette guerre qu'il y ait un gros orage, l'été prochain. Les détonations de départ se perdront dans les grondements de tonnerre, et il n'y aura pas de bateaux en mer », fit remarquer Volomari.

Laura n'était pas très chaude à l'idée de patienter aussi longtemps. Il fallait se débarrasser au plus vite des obus. Elle suggéra de les remettre à l'armée. Volomari rétorqua que c'était la dernière chose à faire, il en résulterait de fastidieux interrogatoires, et la confiscation du précieux mortier. On ne pouvait pas non plus enterrer les munitions, ç'aurait été irresponsable, ni les abandonner n'importe où. On ne pouvait qu'attendre l'été et l'orage.

Laura se rendit vite compte que Volomari hésitait à détruire son butin. En bon juriste, il usait de manœuvres dilatoires, repoussait toute décision et déviait la conversation sur d'autres sujets. On avait presque l'impression qu'il aurait aimé conserver dans ses collections ces obus aussi anciens et précieux, en soi, que le mortier lui-même. Laura décida d'agir seule. Elle était après tout une ancienne auxiliaire de première ligne expérimentée, et procéder à Herrsjö à des tirs à munitions réelles ne lui faisait pas peur, si son mari était trop jeune et trop timoré. Il y avait aussi des tempêtes en automne, inutile d'attendre les orages d'été.

Laura étudia la carte marine de l'archipel d'Espoo et décida de pointer le tube de mortier à un angle de trente-cinq degrés, ouest-sud-ouest. Les obus exploseraient ainsi loin en mer, à un kilomètre et demi environ de la côte. Il n'y avait pas de chenal de commerce à proximité, et les plaisanciers ne seraient pas de sortie par gros temps. Il n'y avait plus qu'à passer à l'action

La première grande tempête d'automne se faisait désirer. Le vent soufflait parfois en bourrasques, mais se calmait à la tombée du soir. Les tirs ne pouvaient s'effectuer que de nuit, trop d'oreilles étaient à l'écoute dans la journée. En attendant le mauvais temps, Laura prépara le terrain. Elle chargea dans sa camionnette un tabouret de cuisine et des vêtements chauds, acheta une boussole, un serre-tête antibruit et une lampe tempête. Elle compléta ce matériel par un thermos, un panier de pique-nique et bien sûr une trousse de premiers soins. Laura se demanda aussi si elle ne devait pas se procurer un casque, les équipes de mortier en portaient, pendant la guerre. Mais on n'en trouvait pas dans le commerce, et elle décida donc de se contenter pour toute coiffe militaire d'un fichu de laine, de toute façon personne ne serait là pour la voir dans l'obscurité. Elle acquit par ailleurs quelques rudiments de balistique en allant prendre le café chez son beau-frère, qui avait dans sa jeunesse servi dans l'artillerie.

Enfin, au début d'octobre, la pire tempête d'automne de la décennie éclata. Décidée à agir, Laura souhaita bonne nuit à son mari, attendit qu'il soit endormi, puis se glissa sans bruit hors du lit conjugal, se harnacha et porta ses provisions dans la voiture. Le vent soufflait en rafales, les branches de pommier cassaient dans les vergers de Pitäjänmäki et il s'en fallut de peu que Laura ne tombe à la renverse. Sur le pont de Lauttasaari, la haute camionnette du fournil, malmenée par la bourrasque, se mit à trembler de manière effrayante et, en arrivant sur la petite route forestière de Herrsjö, Laura eut peur de finir écrasée par les noirs sapins.

Elle se gara devant le hangar de battage. La tempête était si violente qu'elle dut déployer toutes ses forces pour ouvrir la large porte à deux battants, dont l'un faillit s'arracher de ses gonds. Laura entra dans l'entrepôt, alluma sa lampe et se reposa un instant. Elle avait autant peur de la tourmente que de l'opération militaire à venir, mais elle n'hésita pas un instant à mettre son projet à exécution.

Le vent hurlait si fort qu'il n'y avait pas à craindre que les détonations du lance-mine s'entendent bien loin. La sombre sapinière gémissait dans les griffes de la tempête, les branches brisées pleuvaient sur le toit du hangar. En ce sens, tout allait bien.

Au travail ! Laura traîna le bipied du mortier dehors, à quelques mètres de la porte de l'entrepôt. Puis elle mit le tube en place et vérifia à la lumière de sa lampe tempête que le système de visée fonctionnait. Elle actionna les manivelles de pointage afin de régler avec précision l'angle de tir, vérifia une dernière fois l'arme, installa à côté d'elle son tabouret de cuisine et retourna dans le hangar chercher un premier obus. Elle noua son fichu plus serré sous son menton et posa son casque antibruit sur ses oreilles.

En grimpant sur le tabouret, l'obus dans les bras, Laura dut prendre appui sur le lance-mine pour ne pas basculer sous la violence du vent. Les paramètres de pointage s'en trouvèrent un tantinet modifiés.

La lampe tempête battait contre le mur du hangar. Dans sa lumière mouvante, Laura laissa tomber le premier obus dans le tube, sauta du tabouret et se jeta au sol. La charge propulsive détona, le projectile fendit les airs dans la tempête noir d'encre.

Il explosa à peu près dans la bonne direction, mais pas exactement à l'endroit visé. Malgré les efforts de Laura, le pointage n'était pas assez précis. Les femmes n'ont en effet pas naturellement le sens des trajectoires en forme de cloche, contrairement aux hommes qui ont tous les jours l'occasion de les étudier en vidant leur vessie. Ces exercices répétés leur permettent d'affiner la précision de leur visée, de développer leurs capacités d'évaluation et de raffermir leur main, pour un résultat souvent grandiose.

Le premier obus tomba malgré tout dans la mer déchaînée et explosa dans les déferlantes sans danger pour personne. Mais chacun des tirs suivants se trouva légèrement dévié par rapport au précédent. Le deuxième projectile, déjà, toucha les rochers de la côte d'Espoo. Au fil de l'opération, le tube du mortier finit petit à petit par pointer à l'opposé de la direction voulue. Le troisième obus tomba dans la forêt bordant le rivage et les suivants, à cent mètres d'intervalle, de plus en plus loin dans les terres, jusqu'à ce que les cinq derniers, enfin, touchent les champs de l'ancien presbytère de Mannäs transformé en maison de retraite. Celle-ci accueillait soixante pensionnaires, et son service hospitalier quinze handicapés et dix malades mentaux considérés comme calmes. C'est là que les tirs à munitions réelles de Laura Volotinen attirèrent d'abord l'attention puis, comme ils se poursuivaient, causèrent une peur qui se mua bientôt en panique.

L'artilleuse réussit sans le vouloir à mettre le feu à la grange qui se dressait dans un champ du presbytère. Elle brûla dans la tempête en projetant de monstrueuses gerbes d'étincelles, et les poignées de foin enflammées arrachées au brasier par le vent faillirent propager l'incendie à la maison de retraite et à la forêt qui s'étendait derrière.

Après avoir laissé tomber le dernier obus dans le lance-mine, Laura Volotinen retira son casque antibruit, rangea le tabouret de cuisine dans la camionnette et, une fois le tube refroidi, le traîna dans le hangar. Après cet effort harassant, quand tout fut en ordre, c'est avec un merveilleux sentiment de bien-être qu'elle s'accorda une tasse de café et quelques sandwiches. Elle sc sentait comme après une bataille ; pendant la guerre, elle avait souvent vu des jeunes gens revenir fatigués du front. Elle comprenait maintenant l'effet que cela faisait de remporter la victoire.

Elle referma la porte à double vantail du hangar de battage, éteignit sa lampe tempête et rentra à Pitäjänmäki. Elle se déshabilla, enfila sa chemise de nuit et se glissa satisfaite dans le lit gardé chaud par Volomari Volotinen.

Dans la maison de retraite de Mannäs, en revanche, la terrible concentration d'artillerie avait provoqué un indescriptible chaos. Les vieillards et les fous s'étaient enfuis dans la tempête, s'éparpillant paniqués dans l'obscurité profonde de la forêt sans obéir aux ordres affolés de leurs soignants. Toute la nuit, on s'affaira à éteindre la grange qui flambait dans les champs et à chercher les malheureux perdus dans l'obscurité. Il fallut des dizaines de pompiers, de policiers et de militaires pour réussir à ramener dans l'établissement tous les pensionnaires épouvantés. Vers midi, la tempête se calma enfin et l'on put les faire déjeuner. Beaucoup avaient les intestins dérangés.

Le cendrier en loupe du vieux fou

On crut d'abord que le bombardement de la maison de retraite de Mannäs était un acte de malveillance : quelques mauvais sujets s'étaient sans doute amusés à faire éclater des pétards dans les champs du presbytère et avaient mis le feu à la grange. Mais quand on examina les lieux de plus près, la théorie s'écroula : comment cinq trous aussi profonds étaient-ils apparus ? Il aurait fallu toute une bande de vandales, mais on n'avait pas trouvé sur place la moindre trace de pas. C'était un mystère pour la police. La rumeur courut que la maison de retraite avait été la cible d'une attaque nocturne d'ovnis. La presse accourut et de nombreux articles plus fantaisistes les uns que les autres furent publiés sur le déluge de feu qui s'était abattu. On finit par isoler la zone, qui fut investie par quelques officiers de l'armée venus étudier les dégâts provoqués par les explosions, et l'on vit même dans le champ des hommes taciturnes vêtus d'imperméables noirs dont il était clair qu'ils appartenaient à la Sécurité nationale. Les experts militaires conclurent au premier coup d'œil que le champ avait été la cible d'une concentration de tirs de mortier.

Toujours sur la brèche, l'organe de presse du Parti communiste finlandais vit dans l'événement une attaque terroriste frontale perpétrée par les milieux réactionnaires à la faveur de la tempête et de l'obscurité ; pour lui, l'affaire était liée à l'atmosphère de plus en plus hostile à l'URSS qui régnait dans le pays. Il citait en exemple, outre le bombardement de la maison de retraite, les va-t-en-guerre infiltrés à la Direction des chemins de fer qui voyageaient à l'étranger aux frais de l'État pour semer la discorde entre les nations. Le journal mentionnait entre autres la récente conférence de Budapest sur l'écartement des rails où la délégation finlandaise s'était conduite de manière irresponsable et avait mis en danger les avantages acquis en manifestant une hostilité ouverte envers le pays ami qu'était le voisin soviétique.

Les Volotinen ne recevaient le journal du Parti communiste ni à la boulangerie-pâtisserie ni à leur domicile, et ses allusions à leur voyage en Hongrie ne parvinrent donc pas à leurs oreilles. Volomari s'étonna en revanche des histoires sans queue ni tête d'autres publications à propos d'ovnis. Il ne croyait absolument pas à ce genre de phénomènes, mais Laura déclara qu'il se pouvait très bien que des extraterrestres se soient posés dans le champ du presbytère et aient, pour s'amuser ou à titre expérimental, creusé ces étranges cratères. Elle laissa échapper qu'il ne pouvait en tout cas pas s'agir de trous d'obus.

Volomari n'insista pas, mais se rendit plus tard dans

la soirée à Herrsjö pour inspecter son hangar muséal. Il fut stupéfait : quelqu'un avait pénétré dans le bâtiment, le mortier n'était pas là où il l'avait laissé la dernière fois. Il avait de toute évidence servi, il y avait des résidus de suie dans le tube, et l'on voyait nettement à l'extérieur, devant la porte, les marques imprimées par le bipied. Il ne restait plus sur les étagères la moindre munition. Volomari chargea rapidement le lance-mine dans la camionnette du fournil et rentra chez lui. Là, il soumit Laura à un interrogatoire serré : était-elle allée seule en catimini à Herrsjö ?

La main sur sa poitrine palpitante, Laura avoua avoir dispersé les dangereux obus aux quatre vents de la tempête, mais elle avait visé la mer, comme il en avait été question. Il lui semblait impossible que le tube ait pu bouger pendant les tirs.

« Malheureuse, qu'est-ce que tu as fait ! » gémit Volomari.

Le cœur de Laura lui faisait si mal qu'elle dut s'allonger. Son mari lui donna un verre d'eau et deux cachets. Elle reprit suffisamment ses esprits pour tout raconter. Elle n'arrivait pas à croire que les obus aient pu s'égarer aussi complètement. Volomari lui expliqua qu'entre des mains inexpérimentées, le mortier pouvait dévier, surtout quand on l'utilisait en pleine tempête dans la nuit noire, et que tirer exigeait une formation militaire de plusieurs mois, sans compter que ce n'était de toute façon pas une activité pour une femme.

Laura prit la mouche et répliqua qu'elle n'avait pris cette initiative que par amour et pour le protéger : elle voulait détruire ces dangereuses munitions afin d'éviter qu'elles n'explosent toutes seules dans le hangar de battage et le tuent. Elle fit valoir qu'elle avait voulu, en quelque sorte, se faire pardonner les effets du discours agressif qu'elle avait tenu à la conférence de Budapest sur l'écartement des rails.

Volomari lui prépara du thé, confectionna quelques sandwiches et lui recommanda de se reposer pour ne pas aggraver ses palpitations. Il prit de son côté le chemin de la boulangerie et cacha le tube et le bipied du mortier sous les corbeilles de brioches de l'arrière-boutique. Par la même occasion, il pétrit la pâte à pain du lendemain et confectionna une centaine de friands aux champignons. Quand ils furent cuits, il en remplit un panier et alla les livrer aux restaurants du centre.

Le lendemain matin, il se rendit à la maison de retraite de Mannäs. Il se présenta à l'accueil en tant qu'inspecteur de sinistres de la compagnie d'assurances Joukahainen et déclara être venu étudier les détails de l'accident qui avait eu lieu quelques jours plus tôt. Il voulait aussi discuter des contrats en cours de l'établissement, dont le risque devait sans doute être réévalué à la hausse. La directrice, Linnea Sevander, qui était presque aussi âgée que ses pensionnaires, et nettement plus vieille que Laura, présenta ses polices d'assurance à Volomari sans lui poser plus de questions sur sa mission. Il se trouvait qu'une partie des garanties avaient été souscrites auprès de Joukahainen. Volomari alla ensuite examiner les traces des explosions dans le champ du presbytère. La directrice lui expliqua que, d'après les experts de la police et de l'armée, il s'agissait de bombes expédiées d'assez loin. Elle était horrifiée à l'idée que quelqu'un puisse vouloir canonner une maison de retraite. Volomari renchérit, c'était effectivement un acte odieux, irréfléchi et malveillant.

Les chaumes avaient été piétinés par des dizaines si ce n'est des centaines de curieux. Les restes calcinés de la grange incendiée se dressaient au milieu d'une vaste clairière. Quelques pensionnaires se promenaient à la lisière des champs. Volomari dénombra cinq impacts d'obus. Ils avaient été tirés avec précision à cinquante mètres d'intervalle les uns des autres, et l'un avait touché la grange. Les trous étaient profonds d'un mètre et large de deux. De la boue et de l'eau stagnaient au fond. Il n'y avait aucun doute, c'était l'œuvre de sa femme.

Armé d'une pelle, l'homme à tout faire de l'établissement travaillait d'un air renfrogné à combler les cratères.

« Merde ! » déclara-t-il quand Volomari Volotinen le salua.

Alors que l'inspecteur de sinistres était penché au-dessus d'un trou d'obus encore béant, un homme d'une bonne cinquantaine d'années, qui semblait ne rien avoir d'autre à faire, vint se planter à ses côtés. La folie brillait dans ses yeux. Il émit d'ailleurs sans tarder un intéressant jugement sur lui-même :

« Je suis l'homme le plus fou d'Espoo. »

Volomari se redressa et le regarda. La revendication ne semblait guère exagérée, mais, pour dire quelque chose, il répliqua :

« Ne dites pas ça. Je suis sûr qu'il y a plus fou. »

Sans se laisser démonter, l'homme rétorqua avec encore plus de poids :

« Je suis le plus fou du monde. »

Volomari ne savait trop comment réagir — être champion du monde était bien sûr un but louable, dans quelque discipline que ce soit, rien de mal à ça. On pouvait supposer qu'il s'agissait là d'un pensionnaire de la maison de retraite de Mannäs, et plus précisément de son service hospitalier. L'homme était aussi intéressé par la santé mentale de son interlocuteur.

« Et vous, vous êtes fou à quel point ? »

Volomari dut admettre qu'il était relativement cinglé lui aussi, mais quand même pas le plus fou du monde.

« Vous n'achèteriez pas des cendriers en loupe de bouleau ? » demanda l'aliéné, sautant du coq à l'âne. Ses propos semblaient malgré tout assez clairs et raisonnables. « Je les vends pour pas cher, j'en ai une centaine, j'ai commencé à en sculpter dès 1941, sur le front, à Hanko. »

La curiosité de Volomari s'éveilla. À Hanko ? À l'époque, les Russes y avaient une base, concédée par la Finlande à la signature de la paix de la guerre d'Hiver. Il demanda comment les choses s'étaient passées sur cette portion du front. L'homme ne tenait pas à s'étendre devant un inconnu sur ses souvenirs de l'époque et déclara juste qu'avec la guerre de positions, c'était toujours pareil. On s'ennuyait comme des rats morts.

« J'étais déjà fou avant les hostilités, mais ils ne s'en sont aperçus qu'au moment des Jeux olympiques. Est-ce que ce n'est pas un bel exploit, faire la guerre en étant cinglé sans que personne s'en doute ? »

Volomari acquiesça, l'homme avait admirablement réussi à tromper l'armée finlandaise en gardant sa folie secrète pendant des années.

« Alors, vous êtes preneur, ou pas ? » s'impatienta l'aliéné.

Volomari était bien sûr curieux de voir des cendriers en loupe de bouleau sculptés par un soldat à l'esprit dérangé pendant le siège de Hanko. Il suivit l'homme jusqu'au service hospitalier de la maison de retraite, où il avait une chambre individuelle. Ses placards débordaient d'objets en bois : des tasses, des cendriers et d'autres ustensiles taillés dans des loupes de bouleau, soigneusement nettoyés et vernis. Volomari demanda à voir ceux qui dataient de la guerre, et le fou lui montra quelques cendriers déjà jaunis. L'année et les initiales du sculpteur, U. L., étaient gravées sur le dessous.

« Je m'appelle Untamo Laakso. C'est dix paquets de North State pièce. »

Volomari alla acheter à l'épicerie du village de Mannäs la cartouche de cigarettes exigée, puis revint à la maison de retraite. Le cendrier convoité changea de mains. On ne pouvait pas dire que ce soit une folie, se félicita le collectionneur.

La clavicule du Christ

Au printemps 1973, Volomari Volotinen fut chargé, au nom de la compagnie d'assurances Joukahainen, de représenter la Finlande à une conférence internationale sur la réassurance organisée à Londres. Il descendit au Regent Palace, un grand hôtel bon marché situé dans le centre. L'établissement comptait plusieurs centaines de chambres et ne pouvait pas être considéré comme très chic, mais c'était mieux que rien et, au Stetson Bar du rez-de-chaussée, la pinte de bière ne coûtait pratiquement rien. Au petit déjeuner, les saucisses étaient nourrissantes et les œufs sur le plat baignaient dans l'huile. Quand on s'en remplissait la panse, on tenait sans problème jusqu'au soir.

La conférence elle-même était assez aride et plutôt stérile. Les séances se tenaient au siège de la Lloyd's, dans la City. Volomari dut prêter l'oreille à des interventions sur les risques de force majeure dans la réassurance, les effets du droit international sur le marché de la prévoyance et les exigences de fonds propres des réassureurs dans différents pays. Il connaissait ces questions par cœur, en théorie, mais puisqu'on l'avait envoyé représenter son pays à la conférence, il fit preuve d'assiduité et écouta tout jusqu'au bout. Il prit lui-même la parole le matin du deuxième jour, sur les aspects de la législation finlandaise et scandinave touchant au secteur de l'assurance. Son exposé austère n'avait rien de plus intéressant que les autres et était, dans ce sens, conforme aux attentes.

Volomari passa ses nombreuses heures de loisir à courir les musées londoniens : il visita le Madame Tussaud, le National Army Museum et le National Maritime Museum, Westminster et la Tour de Londres, et ne profita que peu, le soir, aux alentours de son hôtel, des nombreuses distractions qu'offrait le quartier de Soho à un étranger esseulé.

Il se tenait aussi par hasard à Londres, au même moment, un autre événement international. Il s'agissait de la sixième conférence sur les reliques des communautés de la Compagnie de Jésus universelle, organisée dans un cinéma voisin du Regent Palace, dont le hall accueillait aussi une passionnante exposition sur le même thème. Elle était ouverte au public et Volomari se pencha avec intérêt sur les bouts de corps et les petits objets ayant appartenu à des saints conservés pour les générations futures en témoignage de leur piété. Il y avait, exposés dans des vitrines, des dizaines de fragments de la croix du Christ. Ils étaient pour la plupart en bois d'arolle ou en pin d'Italie, mais on trouvait aussi du chêne, du peuplier et Dieu sait quoi d'autre. Les clous ayant transpercé son corps se comptaient en kilos, il y en avait assez pour crucifier au moins cinquante Jésus. Il y avait également de quoi s'émerveiller devant les dizaines de mètres de linceul, avec aussi bien de fragiles guenilles que des pièces de coton d'un blanc étincelant, et même quelques tissus de soie.

Bon nombre de reliques existaient depuis le début du millénaire, et les plus anciennes remontaient au troisième siècle apr. J.-C. La majorité des fragments de croix dataient des XVIe et XVIIe siècles. L'authenticité historique de chaque objet était garantie par écrit. Ce n'étaient donc pas des faux, comme le profane aurait pu le croire, mais des copies authentiques.

Parmi les plus précieux trésors de l'exposition figuraient bien sûr les véritables reliques du Christ, mais les restes de ses disciples ne laissaient pas non plus Volomari indifférent. Il y avait une demi-douzaine de fragments du bâton de Matthieu, ainsi que plusieurs échantillons du manteau de Paul, tous de différentes époques et donc taillés dans divers tissus de couleurs variées. Cinq sandales de saint Pierre étaient aussi exposées, une droite et quatre gauches, dont les plus anciennes dataient du XIIe siècle.

Pour le bonheur de ses admirateurs, saint François avait laissé à la postérité plus d'une dizaine de houlettes, tandis que saint Pantaléon semblait avoir possédé un certain nombre de dagues dont il ne restait que le manche, et ainsi de suite. Les visiteurs pouvaient aussi admirer une riche collection de mitres papales et épiscopales, de chaussures et d'objets de vaisselle de saints de moindre importance. Des cartels illustrés racontaient l'histoire de reliques plus extraordinaires les unes que les autres, et l'exposition s'accompagnait d'une liste de prix détaillée de tous les objets de ce type répertoriés dans le monde, aussi soigneusement établie que dans une salle des ventes. Et ce n'était pas juste une petite brochure, mais un imposant ouvrage de six cents pages imprimé serré. La plupart de ces excitants vestiges se trouvaient dans le hall d'entrée, mais les trésors les plus rares étaient rassemblés au fond de la salle de cinéma elle-même. Il y avait là plusieurs vitrines où étaient enfermées des reliques corporelles de divers saints et de Jésus-Christ en personne. Il ne s'agissait donc plus, par exemple dans le cas de saint Paul, d'un bout de manteau défraîchi, mais de deux de ses canines, tombées d'après la légende de sa mâchoire quand on l'avait décapité à Rome d'un coup d'épée. Elles avaient au moins mille trois cents ans, et avaient appartenu à un moment donné au pape Constantin, qui les avait lui-même sanctifiées.

Il y avait aussi là une rotule du Christ de l'an 600 apr. J.-C., plus d'une dizaine d'orteils de son pied gauche, une poignée de ses cheveux, un bout d'oreille remontant à l'an 1100 apr. J.-C., des esquilles provenant de ses côtes et un plein sac de cartilages divers datant en majorité du Moyen Âge. Il restait encore plus de débris des enveloppes charnelles des apôtres : des tibias entiers, des fragments de crâne, des cartilages nasaux, des rotules, des vertèbres et même des morceaux d'intestin conservés dans des bocaux, qui n'étaient cependant considérés comme sacrés que depuis quelque deux cents ans et n'étaient plus en très bon état. Il y avait en outre un nombre respectable d'ongles, d'orteils, de doigts et d'os de toutes sortes de saints plus tardifs, répertoriés dans le catalogue à des prix apparemment raisonnables. La rotule du Christ avait en revanche été jugée si précieuse qu'elle n'avait fait l'objet d'aucune estimation : certains restes corporels étaient en effet trop sacrés pour être vendus. Mais la valeur marchande des orteils de saint Pierre était indiquée : on pouvait en acquérir un (gros orteil du pied droit), datant de l'an 1100, pour vingt-cinq mille livres. Une oreille de Thomas d'Aquin de 1654 valait la somme tout à fait honnête, mais encore bien trop élevée pour la bourse de Volomari Volotinen, de neuf mille cinq cents livres. Un morceau de tibia de dix centimètres de long du pape Constantin en coûtait cinq mille, et l'un de ses ongles de pied cinq cents. Volomari Volotinen était tenté de l'acheter, mais il constata à son grand regret, en comptant ce qui lui restait de ses indemnités journalières, qu'il n'avait même plus de quoi s'offrir un ongle d'évêque, car il avait traîné inutilement tard, le soir précédent, dans les ruelles de Soho.

Au milieu de toutes ces fascinantes reliques, il ne savait plus où donner de la tête. Emporté par sa passion et par son instinct de collectionneur, il ne parvenait pas à détacher les yeux des vitrines. Quand il en eut terminé, le lendemain, avec sa conférence internationale sur la réassurance, il courut sans prendre le temps de dîner s'absorber à nouveau dans la contemplation des trésors des jésuites. On le reconnut, dans le hall du cinéma, et on le laissa entrer gratuitement. Il fut accueilli avec beaucoup d'amabilité. Les employés et les gardiens le saluaient respectueusement tandis qu'il se promenait parmi les vitrines — on le considérait à l'évidence comme un spécialiste et l'on appréciait à sa juste valeur son inépuisable intérêt pour l'exposition. On ne le surveillait donc pas de très près pendant qu'il passait d'un objet rare à un autre.

Le dernier jour de la conférence, enfin, Volomari eut l'occasion de jeter un coup d'œil dans l'arrière-salle du cinéma où se trouvaient rassemblées, en attente de catalogage, quelques pièces véritablement uniques telles qu'une cinquième vertèbre cervicale de saint Paul datant du xe siècle. Il n'y avait, par un heureux hasard, aucun gardien dans le secteur, et Volomari ne put résister à la tentation. Il se glissa dans la pièce et découvrit sur une table un bac en plastique contenant, au milieu d'autres objets incroyablement précieux, un fragment de clavicule du Christ remontant à l'an 700 environ apr. J.-C. ! Il tendit la main, le fourra en un éclair dans sa poche et retourna aussitôt dans la salle d'exposition proprement dite. Il adressa un discret sourire à l'experte, une dame âgée, qui sortait des toilettes et retournait à son délicat travail.

Son larcin lui brûlait les poches, mais il s'attarda encore un moment parmi les vitrines, le temps de pouvoir s'en aller sans attirer l'attention. Une fois dans la rue, il fit le tour d'un ou deux pâtés de maisons avant d'oser rentrer à son hôtel.

Il se lava les mains et, le cœur battant, tira la clavicule de sa poche. Il l'examina avec ferveur à la lumière du soleil qui entrait par la fenêtre. C'était comme si ce petit fragment d'os avait empli la triste chambre d'hôtel de quelque chose d'infiniment sublime et sacré. Mais ce sentiment était entaché de honte : Volomari était conscient d'avoir volé la clavicule du Christ, d'avoir commis un péché en s'appropriant une relique d'une valeur inestimable, et la magie, de ce fait, n'opérait pas à plein. Les joues empourprées du bonheur de posséder ce trésor et du remords de son forfait, Volomari ouvrit son appareil photo, retira la pellicule et plaça le bout d'os dans le logement de la bobine, qui semblait être fait pour lui. Il referma l'appareil et alla le déposer dans le coffre de l'hôtel.

Les noix du pape

Ce soir-là, après s'être déshabillé, Volomari Volotinen, contrairement à son habitude, s'agenouilla au pied de son lit, joignit les mains et implora le pardon de Dieu pour avoir volé un fragment de la clavicule de son fils unique, qui datait certes d'environ 700 apr. J.-C., mais quand même.

« L'homme est faible, et l'occasion fait le larron, aussi honnête assureur que l'on soit, amen. »

Puis Volomari grimpa dans son lit, se glissa entre les draps et s'endormit, confiant, sous la protection du Seigneur. Il n'avait pas encore compris que l'on ne se tirait pas d'un vol de reliques par une simple petite prière du soir.

Le lendemain matin, il s'occupa de rassembler ses quelques bagages. Il était pleinement satisfait de son séjour à Londres : il s'était honorablement sorti de son exposé à la conférence sur la réassurance, avait patiemment écouté les interventions des autres orateurs et avait bien sûr rangé avec soin dans son attaché-case les nombreux documents distribués aux participants. Mais il était particulièrement heureux d'avoir eu l'occasion unique de découvrir les reliques les plus précieuses du monde et d'avoir pu entrer en possession de celle qui était peut-être la plus inestimable. Il avait certes déjà beaucoup de beaux objets anciens, mais il devait bien avouer qu'avec la clavicule du Christ, c'était la première fois qu'il mettait la main sur une véritable merveille.

On frappa à la porte. Le concierge en uniforme rouge élimé fit entrer un visiteur auquel Volomari ne s'attendait pas.

L'employé de l'hôtel empocha son pourboire et se retira, l'arrivant se présenta : Richard von Fürstmüller, de Cologne, avocat des communautés de la Société de Jésus universelle. L'homme était grand et sec et avait tout d'un vieux jésuite perfide. Quand il souriait, les muscles contractés de son visage lui donnaient un air carnassier. Il avait les cheveux gris et le crâne tonsuré et, en serrant sa main aux veines saillantes, Volomari eut l'impression de toucher une grenouille morte.

« Nous avons eu un peu de mal à découvrir qui vous étiez et où vous logiez », déclara l'envoyé des jésuites.

Volomari commençait à craindre le pire, non sans raison.

« Vous êtes un juriste finlandais expert en assurances, si je ne m'abuse ? »

Volomari acquiesça, puis demanda ce qui lui valait l'honneur de cette visite.

« Entre hommes de loi, nous devrions pouvoir régler

cette affaire en toute courtoisie, déclara von Fürstmüller. Vous avez volé l'une des reliques les plus précieuses de notre exposition, un fragment de la clavicule du Christ. »

Volomari tenta de protester, mais en vain.

« Un employé vous a vu vous en emparer. Nous n'avons pas voulu faire de scandale en public, mais nous avons décidé d'avoir une petite conversation avec vous une fois que vous seriez sorti. Nous vous avons hélas perdu dans la rue, mais nous avons ensuite pu déterminer en consultant le livre d'or de l'exposition qui vous étiez et ce que vous faisiez à Londres. Il nous a été facile de vous retrouver, comme vous pouvez le constater. »

Von Fürstmüller réclama ensuite que Volomari restitue le bout d'os, ou règle la facture d'un montant de trente mille livres. Sinon, la police britannique serait saisie de l'affaire. Il ajouta, d'un ton plutôt glacial, que dans cette dernière hypothèse, le voleur risquait d'être condamné à une longue peine de prison et à des dommages-intérêts faramineux qu'on lui arracherait jusqu'au dernier penny, au forceps s'il le fallait.

Volomari Volotinen était en mauvaise posture, mais il n'était pas homme à s'effondrer à la première menace. C'était un juriste expérimenté et un fin renard rompu aux arcanes des assurances qui ne paniquait pas pour un rien.

Il exigea, premièrement, qu'on lui prouve qu'il était en possession de la relique en question. À défaut, le visiteur indésirable pouvait considérer cette entrevue comme terminée et fiche le camp. Au besoin, il se ferait un plaisir de l'aider manu militari à prendre la porte. Deuxièmement, à supposer qu'il puisse en théorie être en possession de ce malheureux bout d'os, celui-ci était loin de valoir trente mille livres. Volomari souligna qu'il ne disposait que de relativement peu de moyens et ne pouvait rien envisager de plus qu'un échange, dans l'hypothèse, donc, où l'on en arriverait là.

« Vous n'êtes décidément pas d'un naturel accommodant », constata von Fürstmüller.

Volomari fit remarquer qu'en sa qualité de citoyen finlandais il jouissait en vertu de la constitution de l'inviolabilité de sa personne, et ajouta qu'il avait l'expérience nécessaire, en matière de droit, pour poursuivre en justice des individus aussi retors que l'avocat des jésuites, par exemple pour chantage, commerce de fausses reliques ou autre chose.

« Vous faites vraiment chier », marmonna von Fürstmüller.

Volomari souligna aussi qu'en ce qui le concernait, les autorités pouvaient fouiller de fond en comble ses bagages et sa chambre d'hôtel. On ne trouverait rien, mais son visiteur aurait à répondre des conséquences.

« Je préfère vous prévenir, je me suis lié d'amitié, ces derniers jours, avec plusieurs ténors du barreau londonien. J'ai déjeuné hier avec le directeur juridique de la Lloyd's. Nous avons sympathisé et il doit venir cet été me rendre visite en Finlande. J'ai cru comprendre qu'il était très bien informé des subtilités de la loi anglaise, et je pense qu'il est l'un des juristes les plus compétents de Londres. »

L'intérêt des négociations entre hommes de loi, c'est qu'on n'y ressasse pas à l'infini les mêmes questions.

Quand von Fürstmüller comprit que Volomari Volotinen n'avait pas l'intention de renoncer sans se battre à la relique qu'il avait volée, il changea de tactique et proposa un échange. Il cita l'antique code d'Hammourabi :

« Œil pour œil, oreille pour oreille, os pour os. »

L'atmosphère se détendit. La conversation se porta sur les antiquités historiques. Von Fürstmüller confia qu'il s'y intéressait lui aussi et possédait une petite collection privée d'objets datant pour l'essentiel de l'âge d'or des jésuites. Il avait une prédilection particulière pour le commerce des indulgences et avait rassemblé un assez bel assortiment de monnaies ayant eu cours pendant les siècles de pouvoir de la Compagnie de Jésus.

Volomari lui confia qu'il n'était pas, pour sa part, spécialisé dans un domaine particulier, tout lui allait, à condition que ce soit rare et ancien. Il se vanta de posséder entre autres la chapka de Lénine et le dentier du maréchal Mannerheim.

« C'est passionnant ! J'ai une idée. Nous autres Allemands connaissons bien votre maréchal, pour avoir été frères d'armes pendant la dernière guerre. Os pour os, voilà la solution de notre problème. »

La conversation prit un tour plus macabre, mais quoi de plus naturel, les reliques étaient déjà en soi placées sous le signe de la mort. Von Fürstmüller proposa d'échanger le fragment de clavicule du Christ contre un ou deux squelettes de combattants russes tués pendant la guerre d'Hiver. Ils étaient très recherchés sur les marchés mondiaux. Il y avait bien sûr énormément d'ossements de ce genre en vente en Europe occidentale, mais la demande était particulièrement forte en ce qui concernait les restes provenant de portions du front où les Soviétiques s'étaient fait battre à plate couture. Von Fürstmüller pensait entre autres à la route de Raate, où il se rappelait que les Finlandais avaient éliminé une division d'élite entière de l'Armée rouge. D'après lui, des collectionneurs du monde entier se passionnaient pour les crânes et les squelettes de soldats morts pendant la Seconde Guerre mondiale. Les Allemands, par exemple, se spécialisaient volontiers dans les ossements russes, que l'on trouvait facilement non seulement en Europe occidentale, mais aussi en Afrique du Nord et bien entendu dans les pays envahis par l'Allemagne, sur le front de l'Est, en particulier en Pologne, en Hongrie et en Yougoslavie. Il était en revanche difficile d'en obtenir en provenance de Finlande, et les prix étaient astronomiques. C'était donc l'occasion rêvée de conclure un honnête échange de dépouilles.

« Si vous nous procuriez par exemple un ou deux squelettes de héros de l'Armée rouge tombés sur la route de Raate, nous pourrions considérer qu'ils valent la clavicule du Christ et parvenir à un accord. »

Volomari demanda si les squelettes devaient être authentiques.

« Évidemment ! Il nous faudra bien sûr un certificat. »

Volomari fit remarquer que la clavicule du Christ n'était pas non plus authentique, c'est-à-dire prélevée sur le corps de Jésus en personne, puisqu'elle datait, s'il avait bien compris, des alentours de l'an 700.

« Ne demandez pas l'impossible. Sérieusement, personne de sensé ne peut croire qu'on puisse jamais retrouver le corps du Christ. On ne sait même pas s'il a vraiment existé. Mais la relique que vous avez volée est parfaitement authentique. Nous avons un certificat attestant qu'elle remplit sa mission sacrée depuis au moins le VIIIe siècle. »

Les négociations avaient pris un tour si positif que von Fürstmüller invita Volomari Volotinen à déjeuner dans un restaurant chinois de Soho.

« Les squelettes en provenance de Chine ne valent pratiquement rien, on en a produit des quantités si phénoménales, au fil des siècles, que le marché mondial est définitivement saturé. »

Ils se régalèrent d'un canard laqué en sauce au poivre vert qu'ils accompagnèrent d'un blanc sec. Ils se mirent en même temps d'accord sur les détails du troc d'ossements.

À la fin du repas, pour fêter leur fructueux arrangement, von Fürstmüller fit cadeau à Volomari Volotinen de testicules en céramique de fabrication tchèque. L'objet, qui datait du début du XIXe siècle, était censé représenter les noix du pape Innocent III (1160-1216), qui avait paraît-il eu seize enfants de ses nombreuses maîtresses.

Le squelette du colonel de l'Armée rouge

Dans la pénombre d'une nuit de printemps, cinq silhouettes creusaient le sol, en silence, aux abords de la route de Raate, à Suomussalmi. Il faisait frais, une nappe de brume recouvrait les champs et les tourbières ; dans les profondeurs de la forêt, l'humidité voilait les troncs des sapins et la végétation du sous-bois.

Il y avait là Laura Volotinen, un major retraité venu de Vaasa, Heikki Korppila, et les frères Juumajoki, Lauri et Hannes, qui possédaient une petite ferme dans les environs et connaissaient parfaitement le terrain. Ils en étaient à leur cinquième trou, au bord de la célèbre route où, d'après les informations historiques du major et le savoir local des agriculteurs, on pouvait espérer trouver une fosse commune contenant les restes de combattants russes de la guerre d'Hiver.

Le major Korppila avait fait la connaissance de Laura quand elle était auxiliaire de première ligne. Il avait combattu à l'époque dans la zone de Suomussalmi et n'avait rien trouvé d'étrange à ce qu'une amie de longue date lui demande un peu d'aide tactique. Peu lui importait ce que Laura Loponen — ou Volotinen, maintenant qu'elle était remariée — comptait faire d'ossements de soldats soviétiques. Ceux-ci ne l'intéressaient pas, il était partisan de laisser l'ennemi reposer en paix. Mais un militaire, qui plus est gentleman, se doit de porter secours aux femmes et de ne pas poser de questions inutiles, surtout lorsqu'il s'agit de mort et de fosses communes. Ils étaient donc là à creuser près de la frontière orientale, sur les lieux de sanglants combats.

Quelque part dans les tourbières des poules et des coqs de bruyère roucoulaient sur leurs aires de parade. Un hibou passa tel un fantôme muet entre les arbres, et bientôt on l'entendit hululer au loin. Les pelles plongeaient sans bruit dans la terre sans rencontrer de pierres : c'était bon signe, le sol avait déjà été retourné, des décennies plus tôt. On avait jeté là, empilés en rangs, des corps d'ennemis morts, d'êtres humains décédés.

Dans ce lieu maintenant si calme avait régné trente ans plus tôt l'impitoyable fracas de la guerre : partout retentissait le chant cruel des fusils et des mitraillettes, les forêts enneigées craquaient entre les griffes d'un gel féroce. Les Finlandais avaient tué leurs ennemis comme du bétail à l'abattoir : arrivés en silence à skis à travers bois, ils avaient encerclé et anéanti une division entière de l'Armée rouge, offerte comme sur un plateau. La marche victorieuse de l'envahisseur vers Oulu avait été stoppée net sur le modeste champ de bataille de Raate.

La guerre avait pris fin au printemps. Les corbeaux et les

vers s'étaient attaqués aux cadavres des soldats russes. Les alentours de Suomussalmi et de Kuhmo avaient empesté la chair humaine pourrie pendant des mois et, quand la neige imprégnée du sang des hommes morts lors des sombres jours et nuits d'hiver des combats avait fondu, ruisseaux et rivières s'étaient teintés de brun. Une fois le sol dégelé, les dépouilles avaient été inhumées dans des fosses communes dans la forêt. Et maintenant Laura Volotinen, le major Korppila et les frères Juumajoki déterraient ces restes de l'Armée rouge.

C'était une sinistre besogne, mais Laura avait promis à Volomari, qui l'avait appelée de Londres, de s'en occuper. La petite équipe avait trouvé quelques os dans deux premiers trous, mais pas assez pour reconstituer un squelette entier, et elle poursuivait donc son macabre travail. Les troisième et quatrième essais ne permirent de mettre au jour que deux ou trois casques rouillés et quelques armes, mais le cinquième s'annonçait plus productif. Le début était prometteur : à cinquante centimètres à peine de profondeur, un crâne intact apparut, entouré d'autres ossements militairement alignés.

« On va aller chercher le tracteur, ça ira plus vite à la pelle mécanique », décrétèrent les frères Juumajoki. Le grondement de l'engin emplit bientôt la forêt, son godet enleva prestement la terre qui recouvrait la fosse commune et les déterreurs de cadavres purent contempler, posés parmi les buissons de myrtilles, trois squelettes quasiment complets, plus une foule de pièces détachées — tibias, rotules et vertèbres.

Dans la lumière des phares de la tractopelle, ils s'émerveillèrent de la qualité des restes. Qui eût cru qu'une colonne vertébrale humaine était assez solide pour se conserver pendant des dizaines d'années sous terre sans se décomposer ! Les vers n'étaient pas parvenus à entamer les os des héros russes.

On les nettoya de leur gangue de terre et l'on mit de côté un certain nombre de petits objets. D'après leurs plaques d'identité en aluminium, deux des morts étaient de simples soldats. Le troisième squelette, d'un peu plus petite taille, appartenait en revanche à un colonel de l'Armée rouge. Le major Heikki Korppila vérifia les numéros des plaques dans le registre qu'il avait pris soin d'apporter. L'on put ainsi mettre des noms sur les dépouilles. Les troufions se nommaient Guennadi Iakovlev et Vassili Tchourinov, le colonel Grigori Laptev.

Instinctivement, le major Korppila adressa un salut réglementaire au squelette de ce dernier. De son point de vue, un colonel était toujours un colonel, mort ou vif, frère d'armes ou ennemi.

Laura Volotinen décida que les ossements de Laptev iraient enrichir les collections militaires de Volomari. Les restes des deux simples soldats suffiraient comme monnaie d'échange pour les jésuites.

On plaça avec précaution les squelettes dans les cercueils en contreplaqué apportés à cet effet. On referma la fosse commune ainsi que les autres trous creusés dans la forêt pendant la nuit. Puis la tractopelle ramassa les caisses dans son godet pour les emporter hors de la forêt funèbre.

L'aube se levait. Laura Volotinen et le major marchaient derrière le tracteur. Ils parlaient à voix basse. Korppila avoua qu'il n'avait jamais vraiment pu s'habituer à ce genre de besogne. Manipuler les squelettes de soldats morts lui donnait des frissons. Laura éprouvait le même sentiment. Elle expliqua qu'elle ne s'était attelée qu'à contrecœur à cette sinistre mission, mais qu'il y avait dans ce monde beaucoup de choses qu'on était obligé de faire, de gré ou de force.

Laura raconta au major que son mari, Volomari Volotinen, qui était juriste et collectionneur d'antiquités, lui avait téléphoné d'Angleterre pour lui demander de trouver du côté de la route de Raate deux squelettes de combattants de l'Armée rouge. On se les arrachait, paraît-il, en Europe occidentale. Que ne ferait donc pas une femme par amour ? Quand votre mari a vraiment besoin de vous, y compris pour lui procurer des ossements de héros soviétiques, difficile de lui dire d'aller creuser lui-même, surtout s'il est retenu à l'étranger.

Laura Volotinen était en fin de compte plutôt satisfaite de son sort. Bien des femmes avaient une vie plus difficile et des maris plus détestables. Sa cousine Liisa Räikkönen, par exemple, avait épousé un tel monstre que c'en était à pleurer. Il ne décolérait jamais, toujours à l'accabler de reproches, et avait la main lourde. Un instituteur, en plus, et, pire encore, d'une jalousie si maladive qu'il l'attachait tous les matins au radiateur avant de partir faire la classe aux enfants. Il lui laissait malgré tout en général une carafe d'eau et quelques restes du dîner de la veille dans une assiette, pour qu'elle ne meure pas de faim et de soif, douloureusement enchaînée toute la journée.

Il avait plusieurs fois puni la malheureuse, sous prétexte qu'elle pleurnichait ou faisait grise mine, en ne lui laissant pas d'eau à portée de la main, et encore moins de nourriture. Elle avait réussi à cacher dans la poche de son tablier la clé de purge du radiateur, avec laquelle elle dévissait le robinet de réglage et tétait pour calmer sa soif l'eau rouillée du chauffage central collectif. Les radiateurs de l'immeuble, pleins d'air, ne cessaient de ronfler et de craquer, et l'agent d'entretien avait fini par déterminer de quel appartement provenait la fuite. Le scandale avait été terrible, l'instituteur avait été renvoyé de son école et condamné à de la prison avec sursis pour les tortures infligées à sa femme. Mais ils étaient toujours mariés, et rien n'avait sans doute changé.

Laura Volotinen procéda à un premier nettoyage des os dans la laverie de l'étable des frères Juumajoki, les remit en bon ordre dans leurs cercueils et les chargea dans sa camionnette à pain et pâtisseries. De retour à Pitäjänmäki, elle les astiqua et les vernit un par un. Puis elle alla déposer le squelette du colonel Laptev dans le hangar de battage de Herrsjö, à y attendre Volomari. Pour les deux autres squelettes de combattants de l'Armée rouge, elle établit avec l'aide d'un transitaire les documents douaniers, connaissements et autres certificats indispensables. On indiqua que les ossements dataient de la grande guerre du Nord, au XVIIIe siècle, et que l'exportation se faisait en vue de recherches scientifiques.

Laura obtint sans difficulté au secrétariat de l'université les tampons nécessaires.

Avec les squelettes à bord de la camionnette du fournil, elle reprit la route. Direction Turku, d'abord, puis Stockholm, en ferry, et enfin, via la Suède et le Danemark, l'Allemagne, où elle avait rendez-vous à Cologne. La circulation, surtout sur les routes allemandes, fut une épreuve pour Laura, qui n'en avait pas l'habitude, mais pour le reste tout se passa bien.

Les ossements furent remis à l'avocat des jésuites, Richard von Fürstmüller, qui s'en déclara extrêmement satisfait. Volomari Volotinen put ensuite librement rentrer chez lui, avec le fragment de clavicule du Christ et l'excitante perspective de trouver en prime dans son hangar muséal de Herrsjö un authentique squelette d'officier de l'Armée rouge. Il prit le volant de la camionnette, pressé de retrouver la Finlande, les restes du colonel Laptev et les délicieuses pâtisseries du fournil de Laura.

Les plus vieux poils
de chatte d'Europe

En février 1974, quelques collectionneurs amateurs se retrouvèrent pour un voyage d'étude en Norvège septentrionale, sous la houlette de deux professionnels du secteur muséal. Ils prirent d'abord le train pour Rovaniemi et, de là, un car de la compagnie Eskelinen pour Alta, sur la côte de l'océan Arctique, où ils avaient l'intention d'effectuer des fouilles dans l'espoir de trouver des vestiges de la culture de Komsa.

Les participants, enthousiastes, ne songeaient pas à se plaindre des fatigues de ce long voyage. Tous brûlaient d'impatience d'étudier les couches morainiques du littoral, qui dataient de la dernière glaciation ayant sévi en Europe centrale et septentrionale. Celle-ci, comme chacun sait, avait duré plusieurs millénaires et s'était terminée il y a dix mille ans. Avec le réchauffement du climat et la fonte de la calotte glaciaire, l'actuelle région parisienne, entre autres, avait commencé à reverdir, tandis que dans le Nord, et en particulier sur la côte norvégienne, les moraines se déposaient et une vaste mer poissonneuse moutonnait à l'infini.

La saison choisie pour déterrer les trésors de la culture de Komsa était optimale : ce n'était qu'au cœur de l'hiver que les forêts de la côte grignotées par les marées et les couches d'habitat qu'elles recouvraient étaient à coup sûr assez profondément gelées pour que l'on puisse les étudier et les creuser sans dommages. Le groupe de Finlandais s'installa dans les alentours d'Alta dans trois gîtes ruraux kvènes confortables et bien chauffés.

Les deux premiers jours, Saimi Kekkonen, chercheuse à l'Association des musées finlandais, exposa aux participants les principes fondamentaux de l'activité du secteur. Ils eurent également droit aux explications de Tapani Kasurinen, un jeune conservateur spécialisé dans les techniques de chasse et de pêche de la période glaciaire, qui avait rédigé sa thèse de doctorat sur l'évolution des aires de répartition des castors arctiques en Eurasie et dans le Nouveau Monde. Volomari Volotinen tint une conférence sur l'assurance des pièces de musée contre le vol et l'incendie.

Des débats permettaient ensuite d'approfondir et de mettre en perspective les sujets des interventions. La pénombre constante de l'hiver arctique rendait les fouilles difficiles, sans parler des vents hurlants de l'océan Arctique qui soufflaient sans entraves depuis l'île aux Ours. On s'attaquait malgré tout dès l'aube à la terre gelée, le plus souvent dans la vive lumière de lampes tempêtes, à coups de pioche, de bêche et de pelle. Non sans résultats : dès le matin du sixième jour, les archéologues amateurs trouvèrent un empilement de pierres vieux de douze mille ans et, à proximité, une couche de culture d'environ six centimètres d'épaisseur indiquant qu'il y avait eu là tout un village de l'époque de Komsa.

Soulevés d'enthousiasme, ils s'activèrent d'arrache-pied sur la côte balayée par des vents glacés, délimitèrent la zone de fouille, la photographièrent, prirent des notes et ne regagnèrent leurs gîtes qu'à la nuit tombée pour reprendre leur travail dès l'aurore. Ils ne firent une pause que pour écouter un exposé de Saimi Kekkonen sur le rôle historico-culturel des projets de collecte des musées locaux. Le but n'était pas seulement de préserver des témoignages du passé, mais aussi de rassembler des objets plus récents afin de mettre clairement en lumière des processus évolutifs.

Les Finlandais exhumèrent au bout du compte un incroyable butin : un énorme tas de vieux os de morse, deux crânes fendillés et un bassin provenant de toute évidence du squelette d'une femme de Komsa qui devait n'avoir eu qu'environ trente-cinq ans. Dans le creux des os iliaques, Volomari Volotinen découvrit à sa grande joie une touffe de poils exceptionnellement bien conservée dont on supposa d'abord qu'elle provenait de la chevelure de la défunte. Il constata cependant qu'il s'agissait plutôt, à en juger par sa frisure et par l'endroit où elle se trouvait, de la toison pubienne de cette femme surgie d'un lointain passé, et c'est à la même conclusion que parvint Tapani Kasurinen, qui écrivit dans le journal de fouille de l'expédition ces lignes historiques :

« D'après les précédentes découvertes concernant la culture de Komsa, rien n'indique qu'il ait vécu ici, sur le littoral de l'océan Arctique, une population de chasseurs de morse négroïdes — caractérisés par des cheveux frisés —, alors que chez les femmes de Komsa, en revanche, cette particularité est des plus naturelles dans la région de la ceinture pelvienne. Il convient également de souligner que nos contemporaines possèdent au même endroit une toison similaire — le cas est donc sans contestation possible scientifiquement catalogué. »

Volomari lava et sécha les poils de chatte vieux de douze mille ans avant de les ranger précieusement dans son classeur de collection.

La grandiose découverte fut bien sûr officiellement notifiée à l'archéologue en chef de l'État norvégien, qui prit dès le matin suivant un avion postal pour Alta, accompagné du vice-président de la commission muséale. Il exigea que Volomari Volotinen remette la toison pubienne de la femme de Komsa, qu'il qualifia de trésor national, au propriétaire en titre du lieu de sa découverte, à savoir l'État norvégien.

Volomari Volotinen refusa. Il ne s'agissait pas, argua-t-il, d'ossements couverts par la convention internationale de 1934, toujours en vigueur, que la Norvège avait ratifiée en qualité de membre de plein droit de la Société des nations. Les poils de chatte ne pouvaient en aucun cas être assimilés à des os, et il ne s'agissait pas non plus de griffes chitineuses ou de toute autre partie comparable d'un organisme. Volomari invoqua également des principes de pudeur qu'il espérait voir respectés par l'État norvégien.

L'archéologue en chef réitéra fermement sa demande

et appela la police pour faire confisquer à Volomari Volotinen la toison de la femme de Komsa.

Après de longues négociations par moments houleuses, on finit par convenir que Volomari Volotinen diviserait la touffe de poils en trois : un tiers serait officiellement remis à l'État norvégien, un tiers donné au Musée national finlandais pour y être exposé, et le reste pourrait être conservé par l'inventeur du trésor pour ses propres collections. L'accord satisfaisait toutes les parties. La collaboration nordique put ainsi se poursuivre sans détestables relents amers.

En contemplant la précieuse toison, Volomari Volotinen en vint à penser à celle de son épouse Laura. Il en conclut que bien que l'humanité ait connu en douze mille ans des progrès foudroyants dans de nombreux domaines, elle n'avait pas fondamentalement beaucoup changé.

La croix de Sainte-Catherine

Avec dans son classeur de collection les plus vieux poils de chatte d'Europe et qui sait du monde entier, Volomari Volotinen prit le chemin du retour heureux et satisfait. Les autres membres du groupe étaient également contents des journées venteuses et bien remplies qu'ils avaient passées en Norvège septentrionale : ils avaient écouté de nombreux exposés d'experts et surtout fouillé un village de Komsa vieux de douze mille ans. La découverte la plus magnifique était sans conteste la touffe préhistorique rangée dans le classeur de l'inspecteur de sinistres. Aucune loi ni règle de quarantaine n'interdisait l'importation ou la détention de toisons pubiennes, quel que soit leur âge.

D'Alta, ils prirent le bateau postal Hurtigruten jusqu'à Narvik, où ils montèrent à bord d'un autocar suédois. Le but était de rallier Tornio, via Kiruna et Gällivare, et d'y prendre le train pour Helsinki.

Au départ de Narvik, dans l'après-midi, il faisait moins dix et le temps était clair, mais dans les montagnes, à la frontière suédoise, le ciel se couvrit et une neige lourde et mouillée se mit à tomber. L'humidité des nuages de l'océan Atlantique se cristallisait sur les versants, comme souvent en hiver.

Les voyageurs firent une brève pause-café à Abisko, sur les rives gelées du lac Torneträsk. Une folle rumeur y circulait : un train entier avait été volé à la gare minière de Kiruna, qui avait été sauvagement vandalisée.

Quand, dans la soirée, le car fit halte à la gare en question, il y régnait effectivement un chaos total. Des curieux se pressaient sur les quais et les voies, des cheminots, des pompiers et des policiers couraient en tous sens. De la fumée montait des bâtiments, des wagons gisaient renversés au bord de la voie. Certains soupçonnaient un sabotage commandité par des puissances étrangères, on y voyait la main d'agents soviétiques. La batterie d'artillerie antiaérienne, à flanc de montagne, avait été mise en alerte. La police fouilla aussi de fond en comble l'autocar qui transportait le groupe de Finlandais.

De Kiruna, ils poursuivirent leur route vers Gällivare. Peu avant la mine de Svappavaara, la route franchissait une voie ferrée. Volomari jeta un coup d'œil sur les rails qui se perdaient dans les flocons tourbillonnants. À quelques centaines de mètres, dans la pénombre hivernale, il aperçut une masse noire et une brève lueur. Qu'était-ce ? Ce ne pouvait pas être un train, mais pas non plus un homme seul. Des rennes ? Mais comment auraient-ils pu produire de la lumière ? Volomari demanda au chauffeur de s'arrêter et de l'attendre le temps qu'il aille voir ce qui se passait sur la voie minière.

L'homme accepta de faire une pause de dix minutes. Volomari descendit du car en compagnie d'une jeune stagiaire du musée des beaux-arts de l'Ateneum, Sirkka Tuunainen. Plus tôt dans la journée, en tête à tête, elle lui avait confié qu'elle possédait au même endroit que la femme de Komsa qui avait vécu douze mille ans plus tôt une toison pratiquement de la même couleur, mais beaucoup plus fournie.

Volomari avait répliqué qu'il n'en doutait pas, mais que la touffe en question devait sans doute aussi avoir un taux d'humidité plus élevé. Ils coururent sous la neige le long de la voie ferrée. À deux cents mètres environ du passage à niveau, ils trouvèrent sur les rails une draisine occupée par deux hommes apparemment en mauvaise posture. Ils étaient si engourdis par le froid qu'ils étaient incapables de faire autre chose que rester assis, l'air misérable, le cul dans une épaisse couche de neige gorgée d'eau. L'un avait au bec une cigarette qu'il avait sans doute réussi à allumer un peu plus tôt, d'où la lueur que Volomari avait vue de la route.

Les deux hommes étaient des pêcheurs de hareng norvégiens. Ils avaient eu au départ l'intention d'aller beaucoup plus loin, mais là, bloqués par la neige, ils avaient cru leur dernière heure venue. Ils avaient même eu le temps de prier pour le pardon de leurs péchés. Et voilà qu'on les secourait. Leur supplique n'avait donc pas été vaine, conclurent-ils.

Les pêcheurs sentaient le whisky. Ils avaient à leurs pieds une caisse vide qui avait un jour contenu douze bouteilles de pur malt canadien.

« C'est dans notre nature », expliquèrent les malheureux.

On les transporta au chaud dans le car. La draisine fut reconduite au passage à niveau et renversée sur le bord de la voie. Puis le chauffeur suédois se hâta de reprendre le volant. On était déjà en retard. Il fut décidé de déposer les Norvégiens à l'hôpital de Gällivare. C'était à soixante-dix kilomètres environ, par une route glissante.

Les Finlandais séchèrent les deux hommes, leur donnèrent des sandwiches et leur firent boire du café d'un thermos. Bientôt l'un d'eux s'endormit, tandis que l'autre, ragaillardi, raconta son histoire. Il tenait à s'expliquer, surtout après avoir appris que Volomari Volotinen était juriste. Connaître quelqu'un de sa profession lui paraissait en cet instant particulièrement important.

Les Norvégiens avaient tous deux des barbes rousses et une trentaine d'années. Celui qui ronflait était capitaine d'un harenguier, et son camarade machiniste d'un navire de soutien. Ils pêchaient pendant l'été dans les eaux islandaises. Le métier était rude et monotone. Quand ils rentraient à l'automne dans leur fjord natal, ils levaient le coude et draguaient les filles. Ils avaient même des fiancées, mais les belles infidèles n'avaient pas eu la patience d'attendre sur la jetée leurs hommes empestant le hareng. Et c'est ainsi qu'après le Nouvel An ils s'étaient sérieusement mis à boire. Ils avaient acheté une caisse de whisky à l'équipage d'un cargo canadien. Son contenu leur avait donné des ailes, et ils avaient décidé de parcourir le vaste monde, et aussi de le changer, dans la mesure du possible.

Le trajet était assez long, entre Svappavaara et Gällivare, pour laisser au narrateur le temps d'évoquer leur virée.

Donc, après être arrivés à Narvik, l'âme conquérante, ils y avaient acheté cette caisse de whisky et s'étaient appliqués pendant quelques jours à la vider. Ils avaient mené grand train, provoqué plusieurs bagarres et passé deux nuits en cellule. Quand ils avaient été libérés, ils avaient décidé de prendre un taxi pour la Suède. Narvik n'est en effet qu'à cinquante kilomètres de la frontière. Avec leur caisse de whisky, ils n'avaient pas eu le temps de s'ennuyer en route. Sur leur lancée, ils avaient ordonné à leur chauffeur de les conduire jusqu'à la gare de Kiruna ; là, à bout de patience, l'homme avait encaissé le prix de la course et était reparti dégoûté pour Narvik.

Que peuvent faire deux héroïques conquérants du monde, en plein hiver, devant la gare glacée de Kiruna ? Quand l'un a sous le bras une caisse de pur malt à moitié bue et que l'autre a la bougeotte, la solution qui s'impose est de continuer vers l'intérieur des terres. Les Suédoises y attendaient de virils loups de mer, pensaient-ils. Ils s'étaient lavé la figure à la neige et s'étaient dirigés vers le hall de gare pour prendre des billets de train. Mais en chemin le porteur de la caisse de whisky avait trébuché et s'était cogné la tête sur le trottoir gelé. Ils avaient dû s'arrêter pour stopper l'hémorragie. Ce n'était pas beau à voir, et les passants pressaient le pas à leur approche. C'était du moins ce que se rappelait le Norvégien.

Quand le sang avait cessé de couler, ils avaient décidé d'aller voir du côté des voies, où ils avaient repéré une locomotive de triage à l'arrêt. Sachant qu'ils étaient machiniste et capitaine de harenguier, donc hommes de métier, ils étaient montés sans hésiter dans la cabine de conduite et avaient examiné les commandes pour voir s'ils pouvaient mettre l'engin en marche. Ils se sentaient autorisés à poursuivre leur voyage par leurs propres moyens, maintenant que la gueule ensanglantée de l'un les empêchait d'aller prendre des billets au guichet.

Un employé de gare suédois avait surgi, grelottant de froid, la goutte au nez, et leur avait demandé ce qu'ils faisaient là. Ils lui avaient tendu leur bouteille de whisky canadien, qui avait suffi à répondre à ses questions indiscrètes. Ensemble, ils avaient siroté du pur malt et mis tranquillement la locomotive en marche. L'un, en tant que machiniste, s'y connaissait en moteurs diesel, son camarade avait l'expérience de la direction d'équipes, et l'employé de gare suédois était expert en chemins de fer. Il avait aussi une bonne descente, et il fut bientôt le plus enthousiaste à conduire l'engin.

Ils étaient tous les trois soûls comme des cochons, mais s'en fichaient. Une fois la locomotive lancée, ils avaient avec entrain déplacé au hasard les wagons de minerai de la cour de triage. Ils en avaient même poussé un ou deux sur quelques kilomètres en direction de Narvik et étaient revenus sifflet hurlant en chercher d'autres. Ils s'en étaient donné à cœur joie. Quelques wagons vides avaient déraillé. Des curieux avaient commencé à se rassembler le long des voies. Ils les avaient bombardés avec des bouteilles de whisky vides jusqu'à ce qu'ils s'éloignent.

En pleine action, un incident s'était produit : la locomotive s'était ruée à toute allure à travers le mur du dépôt de trains, dans une grandiose pluie de briques et un boucan d'enfer.

Le choc leur avait suffisamment remis les idées en place pour qu'ils sautent de l'engin parvenu avec fracas à l'autre bout du hangar et courent le long de la voie jusqu'à l'aiguillage ouest, où l'employé de gare se rappelait avoir laissé une draisine. Ils s'en étaient emparés. Malgré la panique, ils n'avaient pas lâché la caisse de whisky. Ils n'avaient plus eu qu'à basculer la draisine sur les rails et à pomper ! Dans le soir tombant, il s'était mis à neiger et ils avaient pu quitter Kiruna sans que personne ne les arrête.

À force de bras, ils avaient poursuivi leur voyage en draisine vers l'ouest. L'employé de gare chantait de mélancoliques airs traditionnels suédois. Tous étaient d'humeur philosophique. Le monde commençait à paraître beau. Ils avaient croisé, sur le bord de la voie, un troupeau de cent rennes dont un sur dix était blanc, ils les avaient comptés et étaient unanimes. Les collines moutonnaient à l'infini dans le crépuscule.

« C'était magique. Il ne manquait que le clair de lune, mais les flocons ne faisaient que tomber de plus en plus dru. »

À mesure que la neige mouillée avait gelé sous leurs fesses, au fil de la soirée, le romantisme héroïque s'était enfui. Le Suédois avait cessé de chanter et déclaré qu'il rentrait chez lui. Les Norvégiens lui avaient donné une bouteille de whisky pour la route et l'avaient prié de saluer sa femme de leur part. Il s'était enfoncé en titubant dans l'obscurité. Les pêcheurs de hareng transis de froid avaient continué à pomper, les mains glacées. Ils n'avaient bientôt plus eu une goutte de pur malt, ni même la force de parler. L'un d'eux était collé par le gel sur son siège, et l'autre avait aussi vite été trop épuisé pour manier les leviers. La draisine avait fini par s'arrêter et ils étaient restés bloqués là pendant au moins une heure. Ils ne pouvaient plus bouger. Ils en étaient venus à implorer l'aide de Dieu. Cela faisait pourtant longtemps, des années, qu'ils n'avaient pas pratiqué ce genre de sport. Ils avaient même essayé de chanter quelques cantiques, mais sans grand succès. Le machiniste n'avait réussi qu'à grand-peine à allumer sa dernière cigarette. Puis ils avaient été sauvés, c'était là toute l'histoire.

Volomari exprima sa surprise : comment de rudes pêcheurs norvégiens et un employé de gare suédois avaient-ils pu se lancer dans une aussi folle aventure ? Cela ne cadrait pas avec le caractère scandinave, qui était plutôt raisonnable et pondéré.

« C'est parce que nous sommes des Kvènes, autrement dit des descendants de Finlandais, et cet employé de gare est un natif de Helsinki venu s'installer en Suède après les Jeux olympiques.

— Ah. »

Volomari Volotinen conseilla aux Norvégiens de ne pas souffler un mot de leurs prouesses à qui que ce soit. Ils avaient intérêt à rentrer discrètement chez eux et, si les autorités les interrogeaient, à tout nier et à contacter au plus vite un avocat. Avec de la chance, personne ne songerait à les inquiéter.

On arrivait à Gällivare, où l'autocar s'arrêta devant l'hôpital. Avant de quitter les Finlandais, le machiniste déboutonna le col de sa chemise, prit la croix en bronze suspendue à un lacet de cuir qu'il portait au cou et la tendit à Volomari Volotinen.

« En remerciement pour nous avoir sauvé la vie », déclara, ému, le héros fatigué.

C'était une croix de Sainte-Catherine décorée de motifs vikings. Les archéologues notèrent qu'elle datait de la période de transition entre le paganisme nordique et l'ère chrétienne, peut-être donc du XIIe siècle. C'était un bijou artisanal d'une grande valeur, plus que digne de figurer dans les collections de Volomari.

Quand ce dernier téléphona à Laura du hall de l'hôpital, il apprit qu'elle avait été victime d'une légère crise cardiaque. Elle avait le bras gauche douloureux et engourdi, mais pour le reste tout allait bien.

On borda les Norvégiens entre les draps propres de lits d'hôpital, où ils s'endormirent aussitôt. Leur camarade suédois, en revanche, était encore très loin de la chaleur de sa maison. Il marchait sous la neige en direction de Kiruna, apathique, le long de la voie ferrée minière. Il n'avait plus envie de chanter. Dans la nuit, un train lourdement chargé passa, l'obligeant, pour ne pas se faire écraser, à s'enfoncer jusqu'à la ceinture dans la profonde poudreuse humide bordant les rails. Au petit matin, il arriva enfin, tout flageolant, à Kiruna, où il se fit arrêter et jeter en cellule. Le moment venu, il fut condamné à des dommages-intérêts qu'il aurait fallu plusieurs vies pour payer, ainsi qu'à une peine de prison d'un an ferme. Mais il lui restait au moins, pour tuer le temps, ses souvenirs de l'aventure.

La cloche de la chapelle de Marie-Thérèse

Au printemps 1974, Volomari Volotinen eut l'occasion de s'intéresser de plus près aux exploits des hakkapélites finlandais en Europe centrale pendant la guerre de Trente Ans. Il fut contacté par un représentant du ministère des Affaires étrangères qui souhaitait qu'il se rende en mission en Tchécoslovaquie, au nom et aux frais de la compagnie d'assurances Joukahainen, afin d'y mener des négociations exploratoires. Il s'agissait de la restitution partielle d'un butin de guerre d'une grande valeur historico-culturelle. Les mercenaires finlandais des armées de Gustav II Adolf avaient, conformément aux mœurs de l'époque, pillé en masse châteaux, universités et bibliothèques et rapporté en Suède de très nombreux trésors considérés comme appartenant au patrimoine public de la Tchécoslovaquie que celle-ci souhaitait maintenant récupérer. L'affaire était délicate et la Suède ne voyait pas cette demande d'un bon œil, considérant qu'il était temps d'enterrer les querelles centenaires portant sur ces vieux trophées. Le gouvernement suédois avait malgré tout informé de la situation le ministère finlandais des Affaires étrangères et proposé que la Finlande, qui avait de bonnes relations avec les pays du bloc de l'Est, intervienne, dans un contexte approprié, en qualité de médiateur. Les Suédois avaient aussi rappelé que les hakkapélites finlandais avaient figuré parmi les pillards les plus enthousiastes de cette ancienne expédition guerrière.

On avait pensé à Volomari Volotinen pour plusieurs raisons. C'était, tout d'abord, un juriste d'assurances spécialisé dans les questions internationales. Son employeur, Joukahainen, avait du fait de ses activités de réassurance des contacts avec de nombreux pays, et c'était lui qui s'en occupait. Le ministère des Affaires étrangères était aussi au courant du rôle qu'il avait joué à la conférence de Budapest sur l'écartement des rails, et le considérait comme un négociateur habile. Et lorsque l'on avait découvert, par-dessus le marché, que l'un de ses ancêtres avait été un hakkapélite assoiffé de sang, la décision avait été vite prise.

On fournit à Volomari la liste des trophées de guerre dont la Tchécoslovaquie demandait la restitution à la Suède. Y figuraient essentiellement d'anciens ouvrages et manuscrits rares, quelques écus armoriés, des étendards et des pierres précieuses. Les Tchèques souhaitaient surtout récupérer leur *Codex Latinus* de 1544, considéré comme un trésor national; c'était un énorme recueil de manuscrits, relié de cuir, qui contenait des décrets et des ordonnances tant ecclésiastiques qu'administratifs, ainsi que de nombreux actes riches d'enseignements sur la société de l'époque. Les Tchèques s'étaient déclarés prêts à céder en échange aux Suédois quelques objets anciens précieux susceptibles de les intéresser. L'on espérait des négociations qu'elles se déroulent dans un climat de confiance et en toute discrétion.

La compagnie d'assurances Joukahainen imagina aussitôt un bon prétexte pour envoyer Volomari Volotinen en Tchécoslovaquie : il discuterait avec les autorités locales de l'assurance des procédures applicables aux problèmes internationaux de réassurance impliquant des pays du CAEM et des compagnies d'assurances privées ouest-européennes en cas de sinistre dans des pays tiers, le cas type étant celui de la collision d'un cargo russe et d'un navire assuré par une compagnie occidentale dans une zone où le processus d'indemnisation était sujet à controverse, du fait de circonstances locales. On pouvait citer, par exemple, l'abordage survenu en 1971 en mer de Chine méridionale entre un navire-usine baleinier russe et un pétrolier allemand. Le bâtiment soviétique avait été victime d'une voie d'eau et d'un incendie, et trois membres de son équipage étaient morts dans l'accident. Le tanker s'en était sorti avec des avaries relativement minimes, mais les questions d'indemnisation s'étaient avérées particulièrement épineuses.

Laura fit la valise de Volomari et le conduisit à l'aéroport dans la camionnette du fournil. Il s'envola pour Prague à bord d'un quadrimoteur Iliouchine, s'installa à l'arrivée à l'hôtel Corona, dans le vieux quartier de Stare Mesto, et alla faire la tournée des tavernes. Le lendemain, il s'acquitta de la partie publique de sa mission en invitant à déjeuner le juriste d'assurances tchèque Jiri Karlov ; ils s'entretinrent de questions internationales tout en se régalant de *knedlíky* accompagnés d'un vin local. À la fin du repas, Jiri Karlov remit à Volomari Volotinen une lettre contenant des instructions pour mener à bien l'affaire qui l'amenait en réalité. Les négociations sur le butin de guerre des hakkapélites devaient se tenir dans le cadre raffiné de la vieille ville d'eaux de Marienbad, en Tchécoslovaquie occidentale. Volomari s'y rendit le soir même en autocar, via Pilsen. C'était à un peu moins de deux cents kilomètres de route. D'après les indications qui lui avaient été données, les représentants des Archives nationales tchécoslovaques avaient réservé une salle de réunion dans le célèbre hôtel thermal Imperial.

En arrivant à Pilsen, une forte odeur de malt envahit l'autocar. Volomari supposa qu'elle provenait des grosses brasseries de la région, ce qui était bien le cas. La ville elle-même était un centre industriel plutôt laid, dont il semblait difficile de croire qu'on y fabriquait la meilleure bière du monde. La porte monumentale de l'usine Urquell était néanmoins aussi belle et impressionnante que celle d'un château royal. Des magasiniers ivres titubaient dans la rue principale, et l'un d'eux faillit même passer sous l'autocar.

Dans les vastes plaines alentour, les prés étaient curieusement déserts : pas une vache, pas un mouton, rien que de l'herbe encore courte et quelques lièvres solitaires. Volomari, étonné, interrogea son voisin, un homme entre deux âges qui lui expliqua qu'en Tchécoslovaquie le bétail était nourri à l'étable hiver comme été. Les vaches étaient gardées dans l'obscurité dans des bâtiments de deux étages où seules des fenêtres d'aération laissaient pénétrer un peu de lumière. Volomari réprima un frisson de dégoût.

L'autocar croisait régulièrement des véhicules militaires, et il fut arrêté un certain nombre de fois pour des contrôles d'identité. Le pays était occupé, mais par sa propre armée. Dans les champs se dressaient des forêts de poteaux. Son voisin apprit à Volomari que c'étaient des tuteurs à houblon. Des soldats étaient justement en train de pendre à l'un d'eux un grand chien à poil jaune.

« Les chiens errants sont une plaie même dans les pays socialistes », déclara l'homme. Volomari lui demanda s'il n'appartenait pas par hasard à la police secrète. Il hocha la tête, mais ne fit aucun commentaire.

Tard dans la soirée, ils arrivèrent à Marienbad. L'envoyé de la police secrète chargea la valise de Volomari Volotinen dans un taxi qui les conduisit à l'hôtel Imperial. Ce dernier, construit sur la plus belle colline de la région, était magnifiquement illuminé. Le hall était silencieux, et l'immense établissement presque vide. Son accompagnateur prit congé de Volomari, il avait maintenant à faire ailleurs. D'autres prendraient le relais pour le surveiller, précisa-t-il.

Fatigué, Volomari monta dans sa chambre. Il se demanda si le groom de l'hôtel — un malabar renfrogné d'une cinquantaine d'années, aux larges épaules, qui jeta sa valise sur le lit en grommelant qu'il était l'heure de se coucher — n'était pas un officier de la police secrète locale.

« Dormez bien », ordonna-t-il en partant.

Le lendemain matin, trois fonctionnaires des Archives nationales tchécoslovaques vinrent trouver Volomari. Le petit déjeuner à peine avalé, ils entamèrent les négociations. Le directeur adjoint des archives, Ladius Kordón, présenta les revendications de la puissance invitante. L'objectif était de parvenir à un accord entre les États suédois et tchécoslovaque en vue d'un échange des trophées de la guerre de Trente Ans, ou au moins du *Codex Latinus*, contre quelques précieux trésors. Dans cette optique, la délégation avait apporté à l'hôtel trois cloches de l'époque de Marie-Thérèse ; la plus grande provenait de la chapelle privée de l'impératrice, au château de Prague, et pesait près de vingt kilos, les deux autres étaient de belles pièces de fonderie un peu plus récentes et plus légères, utilisées pour sonner le tocsin. On les essaya sur le grand balcon de l'Imperial. Elles avaient un son magnifique : toute la vallée thermale résonnait des échos mélodieux que se renvoyaient les versants des collines. Volomari Volotinen songea qu'il aurait bien aimé ajouter une cloche comme celle-là à ses collections.

Les négociations se poursuivirent dans une atmosphère cordiale. Sur le coup de midi, ils prirent le train pour se rendre à cinquante kilomètres de là dans la ville d'eaux de Karlovy Vary. Ils s'y restaurèrent et visitèrent les thermes. Avec ses cinquante mille habitants, la cité, qui s'étageait sur les coteaux de la vallée de la Teplá, était plus grande que Marienbad, mais d'une beauté tout aussi saisissante. Les visiteurs revinrent à leur hôtel par le train du soir.

En se préparant pour la nuit, Volomari réfléchit à un projet de compromis : si les Suédois rendaient le *Codex Latinus* aux Archives nationales tchécoslovaques, celles-ci devraient leur donner la cloche de Marie-Thérèse plus deux autres, elles aussi anciennes, ainsi que l'autorisation de reproduire le recueil de parchemins et, au besoin, de le publier en totalité ou en partie sans avoir à verser de droits.

Il allait s'endormir quand il fut dérangé par des vociférations provenant de l'extérieur, sous le balcon, puis du hall de l'immense hôtel, qui résonna bientôt tout entier de cris et de menaces. Volomari sauta dans ses vêtements et descendit au rez-de-chaussée pour voir ce qui se passait. Il y retrouva ses partenaires de négociation, eux aussi réveillés, qui lui expliquèrent qu'un groupe d'une centaine d'officiers avait pénétré dans l'établissement dans l'intention de le réquisitionner. Ils étaient là pour l'assemblée annuelle des forces terrestres du pacte de Varsovie : elle était organisée cette année en Tchécoslovaquie, à Bratislava, mais les participants, mécontents de leur lieu de réunion, s'étaient entassés dans quelques autocars pour venir à Marienbad, qui leur paraissait un endroit plus agréable. Ils avaient ingurgité des litres de vodka en chemin, et aucun des galonnés présents n'avait la tête très claire.

L'État logeait souvent ses invités à l'Imperial et les militaires avaient donc décidé de s'y installer d'autorité, claironnant leur objectif d'une voix forte. Il y avait là non seulement des officiers du pays hôte, mais aussi des représentants de l'Armée rouge et des forces bulgares, hongroises, roumaines, polonaises, mongoles et autres. Les grades étaient élevés et les uniformes chamarrés. On souffla à Volomari que le groupe était commandé par un maréchal russe, un certain Kretinski, et qu'il y avait dans la bande au moins six généraux et des dizaines de colonels.

Les négociateurs des Archives nationales tentèrent d'élever des objections contre leur réveil nocturne et leur expulsion, mais elles furent froidement ignorées. Ils ne purent que faire leurs valises, prendre leurs cloches historiques sous le bras et quitter les lieux. Les militaires avaient aussi tiré du lit le chef cuisinier de l'hôtel et exigeaient à souper. L'homme, furieux et mal réveillé, n'était pas d'humeur à obéir aux ordres sans protester. Il agita son tranchoir sous le nez des généraux et leur ordonna de fiche le camp au lieu de déranger les honnêtes gens. Pour faire bonne mesure, il se lança dans une violente diatribe contre la soumission de sa patrie à la soldatesque et menaça pour finir de couper la tête des officiers des puissances occupantes. À ce stade, les partenaires de négociation de Volomari prirent leurs jambes à leur cou, l'entraînant avec eux. N'osant pas rester dans la rue, ils filèrent droit dans les profondeurs obscures de la forêt. Ladius Kordón galopait en tête dans les sapinières pentues et ce n'est que quand ils furent parvenus hors de portée de voix de l'Imperial qu'il se laissa tomber assis sur la cloche de la chapelle de Marie-Thérèse et déclara essoufflé :

« Heureusement qu'on a réussi à leur échapper. Je n'ai aucune envie de finir gardien de nuit ou chauffagiste d'une porcherie. »

Après l'invasion de la Tchécoslovaquie, en 1968, de nombreux intellectuels avaient été relégués à des tâches subalternes salissantes, méprisées et n'impliquant de préférence aucun contact humain. Des professeurs d'université avaient été expédiés à la campagne pour creuser des puits, des écrivains avaient été astreints à pelleter du charbon dans des chaudières de centrales de chauffage, des médecins s'étaient retrouvés laveurs de carreaux. Le directeur des Archives nationales de l'époque avait été envoyé à Brno nettoyer les vannes des bassins de décantation des eaux usées.

Lorsqu'ils repartirent, Volomari se proposa pour porter la cloche de la chapelle de Marie-Thérèse. Il fallait prendre soin de ne pas laisser le bronze tinter dans l'obscurité, au cas où ils auraient été suivis. Dans un pays occupé, beaucoup de gens disparaissent, mais rares sont ceux qui réussissent à fuir comme ils le voudraient.

Ils marchèrent toute la nuit dans les collines en direction de Karlovy Vary. Le but des négociateurs était de prendre le train du matin, à une gare ou une autre, et de regagner en toute discrétion leurs bureaux, à Prague.

« Nom de Dieu, faites taire ces cloches », s'écriait Ladius

Kordón chaque fois qu'un tintement retentissait dans le noir.

Plus tard dans la nuit, ils tombèrent, au sommet une colline, sur une plate-forme d'observation où se dressait un grand mât d'éclairage, sans doute un réflecteur de radar. Un homme se balançait au bout d'une corde accrochée aux croisillons d'acier de la structure. C'était l'héroïque chef de l'Imperial, suicidé ou assassiné. Le malheureux avait sa toque enfoncée sur ses yeux, sa langue pendait hors de sa bouche, son corps était déjà raide.

« Voilà comment ça se passe, chez nous, constata tristement Ladius Kordón. Nous devons tout de suite nous éloigner d'ici. »

Au matin, enfin, ils trouvèrent leur salut dans le train de Prague. Pendant le voyage de retour, les négociateurs conclurent qu'il valait mieux oublier pour l'instant les discussions entre la Suède et la Tchécoslovaquie sur le butin de la guerre de Trente Ans. Volomari Volotinen n'avait plus qu'à rentrer en Finlande, déclara Kordón. À titre de compensation, en quelque sorte, il pouvait emporter la cloche de la chapelle de Marie-Thérèse. L'acte de cession avait été signé à l'avance, elle n'appartenait en fait à personne et c'était aussi bien de s'en débarrasser. Quand Volomari s'étonna de la facilité avec laquelle le directeur adjoint des Archives nationales était prêt à se séparer au bénéfice d'un étranger d'un objet considéré comme un trésor historique, celui-ci répondit, prodigue :

« Nous en avons des centaines, de ces satanées cloches. Prenez-la, elle est à vous. »

Ladius Kordón avait la mine fripée et l'air totalement épuisé par ses aventures nocturnes, et les autres ne valaient guère mieux. Il chargea Volomari d'un message à l'intention des Suédois : ils pouvaient se torcher le cul avec les parchemins du *Codex Latinus*.

La chaloupe phoquière ostrobotnienne

Au bout de quelque dix ans de vie commune, Laura et Volomari Volotinen avaient décidé d'acheter un bateau à voile. Ils avaient connu bien des aventures sur la terre ferme, le temps était venu pour eux de tourner leurs regards vers le large et de profiter de la vie.

Il allait de soi que le voilier devait être d'un vieux modèle éprouvé et ils avaient donc commandé à un charpentier de marine de Vaasa la réplique parfaite d'une ancienne chaloupe phoquière. Son prix était bien inférieur à celui des bateaux en fibre de verre en vente en cette année 1974. Le travail du bois n'avait déjà plus la cote.

Le marché avait été conclu dès l'automne précédent. Il avait été convenu avec le charpentier de marine ostrobotnien Lars Krokfors que l'embarcation mesurerait huit mètres de long sur près de trois de large et serait équipée d'un double pont, de voiles en lin et d'une dérive rétractable, renforcée d'acier pour pouvoir affronter un remorquage dans les glaces. Lars avait recommandé que ses clients, ou au moins l'un d'entre eux, se familiarisent avec les rudiments de la navigation à voile avant de prendre possession du bateau. Laura et Volomari avaient ainsi tous deux passé pendant l'hiver leur permis côtier. La formation était théorique, mais suffisante, espéraient-ils, pour un convoyage de plaisance de deux semaines, en été, de Vaasa à Helsinki, d'autant plus que le charpentier de marine avait promis de les aider à maîtriser la chaloupe phoquière en les accompagnant jusqu'à Kristiinankaupunki. Il n'y avait donc pas de souci et, tout au long du printemps, dans une joyeuse atmosphère d'attente, ils avaient fait des projets pour leur vieux gréement.

On était maintenant en juin, la Saint-Jean approchait. Les pommettes enfiévrées, les Volotinen montèrent dans l'express d'Ostrobotnie à destination de Seinäjoki, d'où ils prirent l'autorail pour Vaasa afin de lancer à la mer leur barque du bonheur. Laura avait emporté une grande malle en lames de pin tressées contenant des provisions à la mode du début du siècle pour une longue navigation. Volomari, de son côté, avait fortement augmenté le montant de leurs deux assurances-vie afin de parer à toute avarie.

À bord, tout était prévu : plusieurs rouleaux de cordages, deux jeux de voiles, une caque de harengs, un tonneau de cent litres d'eau douce et un autre d'excellente bière de Pori, un quartaut de viande de porc, une hache, un couteau de chasse, une pagaie, une trousse de voilerie, un assortiment d'anciens instruments médicaux, dont le bâillon du hakkapélite, ainsi qu'un tonnelet de goudron et un lourd fusil de chasse au phoque à canon rayé, modèle 1907, avec la quantité nécessaire de cartouches. Il y avait aussi un sextant, une ancienne carte marine — que Volomari avait malgré tout actualisée au printemps —, un crayon noir, une grosse liasse de feuilles de papier ciré et des protections périodiques en flanelle.

« Je te baptise la *Laura Volotinen* », déclara solennellement l'éponyme de la chaloupe.

Dérive relevée, le bateau fut mis à l'eau à neuf heures du matin dans la baie de Vaasa. Un verre d'eau-de-vie et bon vent ! Volomari hissa les voiles pendant que Laura servait pour le petit déjeuner de la viande fumée et du pain au sang tout frais. Encore une rincette ! Le continent disparut à l'horizon, la houle prit la chaloupe phoquière dans ses bras. Dans la soirée, l'équipage relâcha à Kristiinankaupunki pour y déposer le charpentier de marine Lars Krokfors, puis reprit aussitôt la mer.

Deux ou trois fois, la chaloupe heurta des récifs et la dérive se replia, ce qui fit autant rire Laura, qui tenait la barre, que son cher époux Volomari. Ils mirent le cap sur l'île d'Åland, dont ils firent le tour en deux jours à peine avant de revenir dans le dédale de l'archipel côtier.

Le temps était agréable, la compagnie aussi : à chaque virement de bord, le couple s'embrassait pendant la traversée de l'angle mort. Volomari chantait par moments en manœuvrant les voiles. Laura racontait de longues histoires sur son enfance, qui était si lointaine qu'elle commençait à chatoyer.

Ils étaient heureux et riches, à l'ancienne, bercés par les flots enchanteurs. Ils tiraient de temps à autre un eider, cueillaient des canneberges de l'année précédente dans des îles désertes où pâturaient des moutons, accommodaient leurs harengs avec de l'ail sauvage et de la graisse de canard marin et buvaient de la bière forte. Dans la claire nuit d'été, ils se prélassaient sur les rochers plats chauffés par le soleil.

Dans les paisibles eaux de l'île de Gullkrona, par un matin brumeux, ils croisèrent pour la première fois un bateau à moteur. C'était un runabout suédois en acajou, auquel Volomari adressa un salut enthousiaste par sémaphore à deux bras. Il aurait mieux fait de s'abstenir, car l'équipage du canot interpréta mal le message et vint se placer bord à bord avec le voilier phoquier. Les Suédois, visiblement soûls, demandèrent à Volomari quel était son problème. Quand il leur expliqua qu'il avait simplement voulu, avec ses pavillons, leur adresser un joyeux bonjour, il s'attira des commentaires courroucés. Que faisaient donc la mère et le fils sur cette vieille barcasse pourrie ? Volomari répondit, d'un ton conciliant, qu'il était le mari et non le fils de la capitaine de ce bateau, mais Laura, qui était parfaitement capable, en cas de besoin, de comprendre le suédois, frappa le braillard en pleine figure avec la lourde rame de la chaloupe, lui brisant la pommette et lui arrachant une oreille, qui tomba à la mer.

« Avec les compliments de la maison », déclara-t-elle.

En tant que juriste, Volomari était épouvanté, mais il n'avait plus le choix : il saisit le fusil de chasse au phoque et tira quelques balles qui transpercèrent le flanc en acajou du runabout au-dessus de la ligne de flottaison, mettant fin dare-dare à cette désagréable rencontre. Le roquet des mers fila sans demander son reste, laissant dans son sillage une magnifique gerbe d'écume.

Les Volotinen reprirent leur navigation. Quelques jours plus tard, la veille de la Saint-Jean, ils abordèrent sur un îlot rocheux pour y célébrer le solstice par un dîner de fête : en entrée, viande de phoque froide nappée d'une sauce au romarin, puis agneau de l'archipel à la noix de muscade. Pour le dessert, Laura sortit de sa malle un gâteau fourré imbibé de rhum dont tous les arômes avaient eu le temps de se développer, y planta deux bougies, les alluma et jeta à son époux un regard de jeune mariée. Volomari avait lui aussi bien fait les choses : il tira de sa cachette, sous les voiles, une bouteille de porto de 1922, l'année de naissance de Laura, un flacon historique, donc, dont il versa deux bonnes rasades dans des verres à pied portugais de teinte bleue.

La couple paressa et cabota encore quelques jours, jusqu'à ce que vienne le moment de traverser la dangereuse baie de Porkkala. C'est alors que se leva un vent frais, porteur de rudes nouvelles du large pour le petit voilier phoquier et ses deux amoureux. Dérive descendue et écoutes bordées, ils naviguèrent pendant des heures dans des eaux ouvertes à la haute mer, ballottés par de lourdes vagues que le bateau chevauchait vaillamment. Mais Laura, le visage pâlissant, se plaignit soudain de ne plus sentir son bras gauche. Son cœur protestait. Volomari l'aida à s'allonger au pied du mât sur une voile qu'il y étendit et lui donna à boire un verre d'eau-de-vie, mais il était trop tard. Laura Volotinen mourut du cœur à dix-neuf heures vingt, en l'an 1974, quatre jours après la Saint-Jean. Volomari mit le bateau en panne et se précipita pour lui faire du bouche-à-bouche, mais la Faucheuse refusa de lâcher sa proie. La langue et les lèvres sombres de Laura ne répondaient plus aux baisers de son mari. Il fut tenté de se tirer une balle dans la tête, seul sur les flots houleux.

Mais un homme de loi ne se tue pas, c'est la loi. Volomari Volotinen déposa la défunte à la proue du bateau, enveloppée dans une toile de lin blanc, puis laissa le vent gonfler les voiles. Comme pour magnifier sa douleur, les élèves canonniers du fort de Mäkiluoto tirèrent au même moment vers le large une salve d'obus lourds, et il doubla le cap de Porkkala parmi les gerbes d'eau des explosions. Le vent se calma, mais Laura n'était plus. Volomari écarta la toile qui lui recouvrait le visage, car il avait le sentiment qu'elle voulait voir la mer. Sa bouche close souriait.

Peu avant l'aube, Volomari Volotinen dépassa l'île d'Iso Lehtisaari et, au lever du soleil, sa barque funèbre entra dans le port de Helsinki par le détroit de Kustaanmiekka.

Les églises et les immeubles de la ville endormie surgirent de la brume, une lumière froide les baignait, et la mer était déserte quand Volomari Volotinen accosta le quai de la place du marché. Jamais il n'avait eu la mine aussi grave.

Table

Composition PCA/CMB Graphic
Achevé d'imprimer par Grafica Veneta S.p.A.,
à Trebaseleghe (Pd).
Dépôt légal : septembre 2016

ISBN : 978-2-207-13017-9/Imprimé en Italie.

287672